생폴드방스에서,
길을 찾다

■ 푸른사상 소설선

생폴드방스에서,
길을 찾다

이소헌 소설

푸른사상
PRUNSASANG

충만한 하루를 위한

올여름 『창작과 비평』에 발표된 작품 중에 장류진의 「일의 기쁨과 슬픔」은 생명을 유지하기 위해 필요한 일과 취미 사이의 미묘한 관계를 잘 설정해 서사화하고 있다. 생명을 유지한다는 것은 대부분의 사람에게는 먹고 사는 문제의 해결이다. 그것을 위해서 어쩔 수 없이 조직 속에서 혹은 타인과의 관계에서 오는 부담을 견뎌야 한다. 그래서 일에서 얻는 기쁨보다 일로 인한 스트레스가 더 많다. 그러나 살아가기 위해서는 견뎌야 하고 그

견딤을 위해서 또 다른 무언가를 해야 한다. 「일의 기쁨과 슬픔」 속 인물들은 클래식 공연을 보러 가고 거북이를 기른다. 일에서 오는 슬픔을 경감시키기보다는 일에서 오는 슬픔을 해소시키는 방법을 찾는 것이다.

일에서 오는 스트레스뿐만 아니라 살아간다는 생존 자체가 슬픔으로 오는 사람도 있다. 지금 이 소설의 등장인물 역시 작품을 열심히 써도 자신의 생존조차 해결할 수 없는 근본적인 문제로 인해 남편과의 관계에서 오는 스트레스가 심각하다. 남편의 '지쳐'라는 그 한마디는 남편의 일에서 오는 스트레스로 인한 것이지만, 근본적인 경의 실존을 건드리는 문제이기 때문이다. 그의 '지침' 속에는 가족 부양이 포함되어 있고 그 가족 속에 자신이 포함되어 있기 때문이다. 그 말을 들을 때마다 그를 떠나고 싶은 것이다. 그런 남편과의 불화의 삶은 경의 삶을 무력화시키고 실존을 무너뜨린다. 그런 가운데 떠난 여행, 남프랑스 생폴드방스에서 오직 생존만을 위한 삶이 아닌 충만한 삶을 살면서 더불어 살아가는 길을 발견한다.

그러나 여행에서 돌아왔을 때는 새로운 복병을 만난다. 낯선 여인의 등장이다. 그 여인의 등장은 결국 1대 1의 관계에서 보면 여성과 여성의 문제이지만, 경이나 그 여인이나 마찬가지로 남편이라는 남성의 알지 못하는 내면의 폭력에 시달림을 받고 있다. 여성이 경제적인 활동에 적극적이든 소극적이든 여전히 남편들은 가성이라는 왕국의 왕이다. 경의 남편이 순간순간 쏟아내는 '지친다'는 표현은 바로 너희들을 위해 이렇게 힘들게 살고 있음의 과시다.

또 어느 유수한 대학의 교수라는, 은행 지점장의 남편은 집을 몰래 판 아내를 자신의 권위에 도전한 것으로 간주하고 그에 대한 복수를 엉뚱한 증권회사 직원인 경의 남편에게 한다. 결국 남성의 가부장적 폭력은 부메랑이 되어 경의 남편에게 돌아온 것이다. 우리의 삶은 복잡하게 얽혀 있어 피하려고 하면 다시 부메랑이 되어 돌아온다. 원한도 가책도 없는 삶, 서로에게 죽음이 되지 않은 삶, 오직 긍정으로만 가득한 삶, 그런 삶만을 꿈꾸고 그런 삶만을 실천하고자 했던 스피노자도 삶에 대한 사랑으로 인해 지독히도 저주를 당하는 이율배반적인 삶을 살았던 철학자였다.

자신에게 후회 없는 삶이 어디 있겠느냐마는 그대로 자신에게 충실한 삶만이 후회를 남기지 않을 것이다. 그로 인해 주위 사람까지도 더불어 살 수 있는 여유가 생기지 않을까. 맵고 지독히도 가슴 아팠던 그러나 너무나 행복했던 이육사를 둘러보는 여행의 그 찬란한 햇빛과 다채롭던 단풍 색깔을 생각하며······.

이번 소설의 교정은 언제나 나의 조언자가 되어주는

조카 허영선과 둘째 며느리인 송명현이 맡아서 해주었다. 이 글을 빌려 고마움을 표한다. 또 여일한 마음으로 책의 출판을 맡아준 푸른사상사의 한봉숙 대표를 비롯한 편집자들의 수고에 고마움을 전한다.

2019년 늦은 가을에
소헌

차례

■ 책머리에   5

그리고 그는 아무 말 없이 떠났다   13

남프랑스에서 길을 잃다   51

생폴드방스에서, 길을 찾다   91

이상한 동거   133

1

그리고 그는
아무 말 없이 떠났다

그리고 그는 아무 말 없이 떠났다

오직 자신은 자신의 필연성에 의해서만 존재하
고 자기 자신에 따라서만 행동하게끔 결정된 것을
자유롭다고 한다

— 스피노자

분명 그 이후였다. 뮤지엄 산에서 만난 그 금발 머리 때
문이었다. 그 금발 머리를 만난 이후 그가 열심히 땀을 뻘
뻘 흘릴 때면 여축없이 힘겹게 날갯짓하던 철새 떼가 눈
앞에 펄럭거렸다. 그럴 때면 온몸이 쪼그라들며 팔닥 몸
이 뒤집혀졌다. 그는 역시 땀으로 범벅이 된 몸이 축 늘어

졌다. 어느 초겨울, 같이 글을 쓰는 몇몇 친구들이 원주 토지문학관을 들러 연대 원주 분교 앞에서 밤새 술을 마시다 그 근처 모텔까지 가서 술판을 벌였다. 결국 그다음 날 아침에야 헤어졌던 날이었다. 새벽에 잠이 깬 경은 아직도 어둠의 미망에서 벗어나지 못했던 모텔 동네를 벗어나 학교 앞 매지리 호수에 갔었다. 옅은 안개가 피어나는 호수는 얼음이 옅게 얼어 정지된 듯 침묵 속에 빠져 있었다. 경이 벤치에 자리를 잡아, 건너편 미륵불이 있다는 작은 섬을 향해 눈길을 돌릴 때였다.

그때 거기에 앉았던 철새 떼가 일제히 일어나 날갯짓을 하기 시작했다. 그러자 경이 앉았던 벤치 옆의 모래사장 옆에서도 화답하듯 철새 떼가 구름처럼 뭉게뭉게 일어났다. 서서히 선회를 반복하며 날갯짓을 했다. 그 날갯짓은 새벽의 적요로움을 안고 천천히 기운 없이 날다 눈 깜짝할 사이 호수 수면을 향해 돌진했다. 호수 수면 위에서 박자를 맞춘 듯 퍼덕퍼덕하는 소리가 시간이 갈수록 힘겹게 느껴졌다. 무엇을 위한 몸부림인지 철새 떼를 보면서 경의 온몸에 소름이 돋았다.

경은 건너편 모래사장 쪽으로 갔다. 새 떼가 다시 모래사장으로 일제히 날아왔다. 몇몇 새는 까부라지듯 축 처졌다. 대부분의 모래사장에 앉은 수많은 새들은 숨을 고르고 있었다. 새 떼가 앉은 맞은편 좀 더 가까운 모래사장으로 옮겼다. 경은 깜짝 놀랐다. 얇게 언 호수의 수면 위로 새들의 날개 모양의 문양이 그대로 찍혀 있었다. 가늘게 찢긴 문양 사이의 수면 위로 물이 퐁퐁 솟아오르고 있었다. 그중 몇 마리 새들이 찢긴 호수 수면 속으로 날아 물속으로 들어갔다. 그리고 금방 먹이를 물고 나왔다. 그리고 까부라진 새의 입속에 넣어주었다. 새끼 새인가. 개중에는 오물오물 받아서 먹이를 먹는 새도 아예 눈도 뜨지 않은 새도 있었다. 호수 수면 위의 얼음을 수천 번의 날갯짓으로 지쳐서 녹이는 장면은 하나의 경이였다. 생명을 유지한다는 눈물겨움! 경은 힘들 때면 그 새벽 철새 떼의 날갯짓이 생각났다.

안도 다다오의 건축물로 유명한 오크밸리의 뮤지엄 산을 한번 가본다는 것이 이런저런 일로 기회를 잡지 못했다. 친구들이나 누구와 약속을 잡다 더 이상 미루고 싶지는 않았다. 혼자 운전을 해 길을 나섰다. 마침 그날은 아무것도 걸리는 게 없었다. 아침 9시에 출발, 출근 시간이 지난 한적한 드라이브를 즐기려고 생각했던 것과 달리 웬 짐 트럭이 경의 차 앞뒤쪽을 막으며 위협하듯 달렸다. 1차선, 2차선이 따로 없었다. 종횡무진 트럭은 이리저리 내달렸다. 혼자 나선 것이 무섭고 후회되기도 했다. 그러나 이왕 나선 것, 내장된 디스크를 틀었다. 베토벤 피아노 트리오였다. 많이 들어서 연주 하나하나가 경의 몸의 일부처럼 친숙한 트리오의 연주가 마음을 가라앉힌다.

백에서 보온병을 꺼냈다. 좋은 커피의 향과 맛을 종합한 듯한 파나마 게이샤였다. 커피숍에서 한 잔 1만 5천 원인, 다른 커피 값의 거의 세 배이다. 100그램에 10만 원이 넘는, 한국 시중에 나온 커피 중에 최고가인 커피이다. 커피를 좋아하지 않는 조카가 지인에게 받았다며 갖다주었다. 받고 상표를 보고 처음에 깜짝 놀랐다. 국내에서 구하기 힘든 커피였다. 보온병을 여니 은은한 향기가 퍼진다. 좋아하는 음악과 최고의 커피만으로도 행복하다. 그리고 인터넷으로 검색한 안도 다다오가 건축했다는 건물이 눈앞에 아른거린다. 잠시 트럭들의 횡포로 구겨졌던 마음이 다시 가라앉는다. 음악과 커피에 심취, 이제 시야에 걸리던 트럭이 눈에 들어오지도 않았다. 4차선 도로로 천천히 여유 있게 운전했다.

1시간 30분이 좀 지나 오크밸리에 들어섰다. 뮤지엄 산 주차장에 주차를 했다. 그리고 보온병, 핸드폰 등 이것저것 흩어져 있는 것들을 백에 넣고 매표소로 갔다.

매표소에 두런두런 이야기하는 한 떼의 외국인이 있었다. 프랑스인들인지 불어로 한 사람이 안도 다다오의 건축물을 가리키며 열심히 설명하고 있었다. 그때였다. 한 사람이 금발의 머리를 확 뿌리듯이 고개를 치켜들었다. 눈을 찌르듯이 금발의 출렁거리는 모습이 눈에 들어왔다. 움직임도 없이 서 있는 무리 속에서 금발의 출렁거림이라니, 경은 눈을 비볐다. 햇빛에 반사되어 정확히 윤곽을 알 수 없는데도 꿈에서 자주 보았던 그 금발이었다. 그녀는 깜짝 놀라 비틀거렸다. 바로 옆에 섰던 외국인 여인이 그녀의 등을 받치며 영어로 괜찮냐고 물었다. 몸을 추스르며 감사하다는 말과 함께 얼른 매표소로 달렸다. 표를 어떻게 끊었는지 정신없이 앞으로만 내달렸다.

숨도 쉬지 못하고 달려와 처음 맞닥뜨린 것이 〈제라드 맨리 홉킨스를 위하여〉라는 작품이었다. 인터넷으로 찾아본 작품이었다. 온통 꽃잔디로 장식된 넓은 들판에 우뚝 선 자코메티의 큰 거인처럼 주황색 철재 조형물이 잔디밭 중간에 서 있었다. 다시 앞으로 가니 안도 다다오가 설계했다는 건물의 입구 워터가든에 또다시 비슷한 자코메티 거인 같은 형체를 띤 주황색 조형물이 다리를 크게 벌리고 물속을 걷는 듯한 모습으로 나타났다.

잠시 잊고 있었던 그 금발의 모습이 워터가든의 물속에 비쳤다. 그녀가 깜짝 놀라 뒤쪽을 돌아보았다. 그녀의 뒤에는 아무도 없었다. 그녀는 눈을 깜박거리고 다시 워터가든의 물속을 쳐다보았다. 다시 그 금발의 모습이 물속에서 흔들리고 있었다. 그녀는 그 금발이 누군지 왜 뒷모습만 반복적으로 보이는지 이해가 되지 않았다.

그때 그녀의 머리를 치며 마음속에 떠오르는 이미지가 생각났다. 가끔씩 그녀의 꿈속에 나타나는 금발이었다. 그녀가 텅 빈 들판에서 그 금발을 죽어라고 따라가는 꿈을 꾼 적이 있다. 번번이 금발의 뒷모습뿐이었다. 그런데 잠에서 깨면 묘한 기분이 들면서 '웬 금발?' 하는 생각으로 씁쓸했다. 그런데 왜 그 금발이 꿈에서 본 금발이라고 확신하는지 경은 자신을 이해할 수 없었다. 아무리 이것저것 뜯어보아도 어느 하나 맞아떨어지는 것이 없는데 왜 그토록 소스라치게 놀랐을까. 뮤지엄 산의 건축물을 도는 내내 금발은 따라 다녔다. 삼각 하늘이 보이는 건축물 속에서도 하늘을 비치는 창문 속에서도 금발은 떠올랐다. 마치 꿈속에서처럼 여기저기 출몰했다.

그날은 혼란스런 가운데 대략 작품을 감상하고 얼른 카페테라스로 자리를 옮겼다. 마르게리타 피자에 커피를 시

컸다. 카페테라스 역시 물 위에 떠 있었다. 될 수 있으면 물 쪽을 보지 않으려고 카페테라스 쪽을 향해 앉았다. 그러나 카페테라스의 유리창에도 햇빛에 반사, 반짝이는 물이 흐른다. 흩어진 금발이 함께 흘러간다. 생각보다 많은 루콜라를 얹은 피자에 산미가 도는 은은한 꽃향기를 내는 커피까지 최고의 맛이었다. 피자를 먹는 동안에는 잠시 행복한 기분이 들었지만 머릿속이 혼란했다.

그날의 강렬한 경험은 그 후 머릿속에서 지워지지 않았다. 그 이후로 조그마한 것에도 의미를 부여하던 경은 모든 것이 시들해 보였다. 우선 훌륭한 작가는 아니더라도 좋은 작가가 되겠다던 그동안의 맹세가 흔들렸다. 그토록 열심히 읽던 남의 작품도 자신의 쓰던 작품도 모두 중단했다. 매일 그냥 커피를 내려놓고 멍하니 커피 한 모금을 마시고는 커피잔만 바라보고 있었다. 그의 모든 행동이 거슬리기 시작했다. 매일처럼 일어나 그를 출근시키기 위해 아침을 준비하는 것도 귀찮아졌다. 출근하기 위해 허물처럼 벗어놓고 간 옷들도 퇴근할 때까지 그대로 내버려두었다. 경 자신도 겨우 목숨을 부지할 정도로만 물에 만 밥에 김치 정도로 버티고 있었다. 그사이에 있던 모임도 약속도 모두 취소했다. 무기력증이었다. 전화도 전혀 받고 싶지 않았다. 오직 미국에 가 있는 딸의 전화만 받았다.

그는 매일 지친 하루였다고 파김치가 되어 집으로 돌아와 널브러지고는 막상 경이 힘들어하니까 도대체 왜 그러냐고 다그쳤다. 매일 새롭게 태어나는 듯한 경의 싱그러움이 자신을 지탱하는 힘인데, 당신까지 그러면 자신은 무너질 것이라고. 그때 생각지도 못한 분노가 치밀어 올랐다. '당신의 매일 그 지친 모습을 보는 나는?' 그러나 말을 뱉지는 못했다. 그가 사 온 홍삼 엑기스로 간신히 버티었다. 마침 경의 생일이 다가오자 그는 근사한 데 가서 식사라도 하면 기분이 나아질 것이라며 생일 전날 백 송이 빨간 장미 바구니와 식사 초대장을 함께 보냈다. H호텔 이태리 레스토랑이었다. 증권회사의 애널리스트인 그는 따로 약속을 하지 않으면 12시 이전에 들어와본 적이 없다. 그날 경의 생일에도 겨우 빠져나왔다며 헐레벌떡 나타났다. 그는 그날 중국 금융시장이 요동치면서 한국 주식이 큰 폭으로 일제히 하락한 블랙데이라고 식사 후 바로 들어가야 한다고 했다.

'바쁜 날 이렇게 일부러.' 입으로 중얼거리면서도 경은 이런 상황이 짜증나 확 튀쳐나가고 싶다. 그는 미리 식사 주문을 했는지 식사를 가져오라고 시키고 와인 리스트 를 가져오라고 일렀다. 빨리 가야 된다며? 와인까지 구태 여? 그래도 당신 생일인데. 경은 언제나 이런 식의 삶이 싫다라는 생각에 다시 우울해졌다. 이태리 식당이니 와 인도 이태리 것으로 하지. 좀 비싼 듯하지만 아마로네로 한 병! 아니, 금방 가야 된다며 누가 한 병을 다 마셔. 당 신이 천천히 마시고 와. 당신 취향에 맞는 와인을 골랐으 니. 그리고 이 호텔에 오늘 방 예약해뒀으니 다 못 마시면 호텔 방에 가서 천천히 마셔도 돼!

경은 아무 말도 하지 않았다. 언제나 묻는 것 같지만 그는 자신이 다 결정한다. 끊임없이 그의 핸드폰에서는 신호음이 울린다. 그의 표정이 초조하다. 언제나 주식 시세에 사활을 거는 그는 편안하게 보내는 시간이 없다. 시시때때로 울리는 문자, 카톡, 식사할 때조차 핸드폰을 보고 있는 그를 볼 때마다 자신이 정성스레 만든 요리가 모욕을 받는 것 같아, 어떤 때는 그의 얼굴로 향해 음식을 던져버리고 싶을 때가 한두 번이 아니다. 계속 통화 신호가 오자 마지못한 듯 전화를 꺼낸다.

하이, 써니! 유일하게 그를 웃게 하는 딸이다. 그의 얼굴이 확 펴지면서 얼굴 만면에 웃음이 번진다. 그럼 같이 있지. 전화 바꿀게. 그가 전화를 경에게 건넨다.

생신 축하해요, 이번에는 엄마가 좋아하는 커피향 에콰도르 로자노 원두 보냈는데, 꼭 마음에 들 거야! 엄마 때문에 원두 찾아다니다 커피 전문가가 됐어. 대학 졸업하면 그쪽으로 사업해도 될 것 같아. 하하, 오늘 밤 즐겁게 보내! 엄마 시간 빼앗지 않게 빨리 끊을게. 아니, 그래, 공부는……. 경의 말을 자르고 그만 전화는 끊어졌다.

브로콜리 수프부터 나오기 시작했다. 당신이 야채를 좋아해 브로콜리 수프로 주문했어. 경은 숟갈로 한번 맛을 본다. 브로콜리를 갈아서 만들어서인지 담백하다. 어때? 좋아. 그사이에도 끊임없이 문자와 카톡 오는 소리가 요란하다. 블랙데이에 자신의 주식을 어떻게 해야 하는지에 대한 불안, 고객의 질문과 염려가 이어질 것이다. 그는 이런 날이면 집에 들어오지 않는 때도 많았다. 그래도 핸드폰을 확인하지는 않는다. 이마에 진땀이 배어난다. 수프를 먹다 스푼을 떨어뜨린다. 그답지 않게 허둥댄다.

여기서 문자로 답변하면 안 돼? 그가 경의 얼굴을 한심하다는 듯이 쳐다본다. 회사 대표부터 임원들 아직 아무도 퇴근 안 했어. 나 혼자 빠져나왔어. 이에 대한 대책회의가 있을 거야. 이 밤에? 밤 아니라 급하면 새벽이라도 호출이지. 또 내 외국 고객들 중에 문의가 오면 문자에 메일 답변, 그리고 성질 급한 고객은 전화까지 하거든. 고객들은 이런 상황이 마치 증권회사 측의 잘못인 것처럼 화를 내거든. 그 분노를 잠재우려면 우선 거짓으로라도 심리적 안정을 취하도록 위로를 해주어야지. 전 재산을 가지고 움직이는 회사나 개인도 있거든. 그는 양손을 올려 양쪽 이마를 지그시 누른다. 왜 머리 아파? 아니 좀 피곤해서, 하루 종일 얼마나 시달렸는지 피곤에 절여진 얼굴이다. 계속 울리는 카톡과 문자 소리가 여전히 요란하다. 전화 좀 꺼놓으면 안 돼? 안 돼. 급한 전화가 올 수 있어.

경은 화가 난다. 이렇게 먹은들 기분 좋을 리가 없다. 생일 같은 것 아무려나, 나중에 미루지. 그렇게 바쁜데……. 당신 요즈음 기분 저조했잖아, 그래서 일부러 신경 썼는데, 하필 오늘……. 오늘 예약 다 잡아놓은 것 당일 취소도 안 되고. 니 상관 말고 당신 즐기고 싶은 것 다 즐겨……. 당신은 혼자 잘 놀잖아.

울컥 분노가 치밀었다. 당신이 워낙 바쁜 척하니까, 혼자 놀지. 꿀꺽 말을 삼켰다. 살라미를 얹은 샐러드와 와인이 나왔다. 웨이트리스가 와인을 따고 테이스팅을 하라고 남편에게 와인을 조금 따라준다. 당신이 테이스팅해. 아니야, 그냥 당신이 해. 내가 생각한 맛 그대로네요. 됐어요. 따라주세요. 잠시 식사하는 시간이라도 당신 생일을 즐기자. 하필 오늘, 정말 미안해! 자, 건배! 생일 축하해. 그리고 사랑해! 고마워!

경은 와인을 한 입 넣어 혀로 굴리면서 음미를 한다. 바디감도 좋고 다양한 과일 향이 어우러진 뒷맛이 깔끔하다. 와인 어때? 과일 향 때문에 타닌 맛이 안 느껴지는데도 혀에 남은 묘한 맛을 내는 와인이네. 좋아. 다행이네. 신경 많이 썼는데. 오늘 중국 때문에 엉망이 되어버렸어. 이태리 와인 중에 가장 최고급 와인이야. 당신이 좋아할 줄 알았다. 자. 건배! 건배!

경은 그동안의 답답함을 몰아내 버리려는 듯 크게 숨을 한번 내쉬었다. 그리고 와인을 마셨다. 와인과 함께 먹는 살라미 샐러드는 훨씬 풍미를 자아냈다.

메인으로는 경 앞에는 아스파라거스, 시금치, 버섯, 적은 양의 파스타를 곁들인 안심과 남편 앞에는 양고기가 나왔다. 그래, 그를 상관 말고 스스로를 즐기자. 언제나 혼자였지. 경은 마음으로 다짐한다. 고기도 부드러웠다.

처음 들어올 때 조용한 것과는 달리 평일 저녁인데도 이미 모든 자리가 다 찼다. 메인이 다 끝나자 후식으로 커피와 생일 케이크, 그리고 상자 하나를 함께 웨이트리스가 가지고 나왔다. 웨이트리스가 그에게 상자를 건넸다. 노래는 생략하고 케이크 접시에 한 조각씩 잘라주세요. 그리고 이것은 선물. 어제 장미 백 송이 선물 아니야? 그것은 전야 선물이고 이것은 진짜 선물. 열어봐. 그는 포장을 뜯어 경에게 건네주었다. 경은 붉은 비로드 상자를 열었다. 그 속에는 사파이어 귀걸이와 목걸이가 앙증맞게 들어가 있었다. 그러나 이런 선물이 무슨 소용이람! 속으로 부르짖는다. 그는 경과 만난 이후 기념일은 철저히 챙긴다. 그러나 이 성의를 다해 마련한 이 만찬 속에서 아무렇지 않게 지나가던 분노가 왈칵 솟아나는지 알 수가 없다. 경은 스스로도 당혹스럽다. 얼른 경은 뱉어낸다. 와우! 당신 사파이어 레스토랑에서 사파이어 귀걸이와 목걸이 정말 대단히 신경 썼네. 정말 고마워! 다시 한번 건배하면서 와인잔을 들었다. 건배를 하면서도 남편 입에 붙은 '너무 지쳤어'가 흘러나올까 봐 조마조마하다. 그가 '지쳐'라는 말을 뱉지 않게 하기 위해 둘이 있을 때는 경은 쉴 새 없이 말을 만든다.

우리 만난 지 20주년이잖아! 아, 정말! 벌써? 얼마 안 된 것 같은데, 벌써 20년이라니. 그렇게 세월이 흘렀네. 갑자기 그동안 한 일이 아무것도 없다고 생각하니 허무하네! 왜 그래? 그동안 작가 되고, 장편 두 권 단편집 두 권, 그 이상 얼마나? 당신 그동안 열심히 살았어. 그렇게 봐주어서 고마워! 봐주는 것 아니고 진심이야. 그러나 왜 내 마음속엔 충만감이 없지. 그건 당신 욕심 때문이지. 자, 다시 한번 건배. 와인잔 들어! 건배! 난 이것 다 마시고 일어나볼게. 다시 미안해! 당신이 미안해할 것 아니지! 어쩔 수 없잖아, 근데 이제 당신 회사 그만두면 안 돼? 응? 왜? 당신 너무 힘들어하는 것 같아서. 그럼 뭐 하게? 당신이 좋아하는 일. 돈은 누가 벌고? 이제 선이도 내년 졸업하면 제 밥벌이 할 것이고, 선이 학비 때문에 힘들었지만, 이제 돈 들 일 없잖아. 먹고사는 것은? 그동안 해왔던 것 조금씩 해서 당신 용돈이나 벌고, 내 용돈은 내가 벌게. 먹고사는 것은 상가 사놓은 곳에서 세 받는 것으로 하고. 그동안 당신 너무 힘들어했잖아. 이젠 쉬어. 당신 색소폰 하고 싶어 했잖아, 취미 생활 하면서 좀 편히 살자. 왜 마치 외계 인간 보듯이 쳐다봐? 역시 당신은 순진해. 왜? 당신을 보면 세상 참 쉬운 것 같아, 당신 수학과 내 수학이 달라, 선이 결혼 비용과 매년 들어가는 조의금 축의금, 대한민국 사회를 견디기 위한 기회비용은 전혀 고려하지 않아? 기회비용이 뭔데? 일테면 내가 아무리 펀드 매니저를 해왔다고 해도, 위험한 대한민국에서 언제나 변수가 생기기 마련인데 내 용돈 마련하기 위해 이래저래 펀드에 들고 빼고 하다, 갑자기 내가 예상하지 못한 변수에 내 모든 것을 다 잃으면, 그때는? 그런 위험한 변수를 위해 자금이 필요한 거야. 또 선이 결혼할 때 아주 최소한의 비용으로 한다 해도 그 돈은 만만찮아! 최소한의 사람들만 초청해도 그 비용도……. 축의금, 조의금은 품앗이잖아, 당신이 안 가면 상대방도 안 올 거잖아, 한평생 당신이 그런 것 때문에 그렇게 피곤하게 산다는 것, 옆에서 보는 것도 피곤해. 정 안 되면 집 팔면 되고. 우리는 어디서 살고? 전세로 가면 되지. 그는 와인잔을 들며 한심한 듯 경을 쳐다본다.

당신 산수는 너무 간단해. 당신은 나와 전혀 다른 세계에 사는 사람 같아. 그래도 나는 당신이 그렇게 힘들어하는 것보다는 낫다고 생각해. 생활을 책임지지 않은 사람과 책임을 진 사람과의 사고 차이야. 그래도 당신의 '너무 지쳤어'라는 말을 듣지 않고도 살 수 있는 방법을 찾아야 하는 것은 분명해! 당신이 그 말을 할 때마다 난 집을 뛰쳐나가고 싶어, 그리고 당신 직장 생활에서 벗어나 당신을 자유롭게 해주고 싶어. 인생은 짧아, 그렇게 아둥바둥 살 필요 없어. 당신 그런 지친 의식 상태에서 몸은 얼마나 망가지겠어? 건강진단이라도 받아봐. 그는 한참 경을 뚫어지게 바라보았다.

처음 만났을 때 그 팔팔하던 열정은 사라지고 당신은 그림자만 안고 살고 있는 것 같아. 돈 같은 것 아무렇지

않다고 생각하지 않았어? 그런데 당신은 지금 돈의 노예
가 되어 있어. 나와 선이 핑계 대지 마. 그건 나와 선이를
비참하게 만드는 거야. 우리가 당신을 착취하고 있는 것
같잖아. 나. 이런 호텔에 와서 생일 파티 안 해도 돼, 그리
고 선물 안 받아도 돼!

　당신의 그 지긋지긋한 '지쳐'라는 말을 안 들으면 그것
으로 행복할 것 같아. 내가 있는 자리에서 최선을 다하다
보면 몸이 지치기도 해. 애널리스트라는 일은 내가 생존
하는 한 내가 해야 하는 일이야. 당신이 작품 쓰는 일이
당신의 생존의 의미이듯이. 내가 당신보고 작품 쓰는 일
하지 말라고 하면 당신은 어떻겠어? 정말 내가 견디지 못
하면 스스로가 그만두겠지. 증권 애널리스트 그 일 자체
가 가지고 있는 성격상, 최선을 다할 수밖에 없고, 순간
의 시간 싸움이 운명을 가르게 되니, 어쩔 수 없어. 그래
서 그만둔다는 것을 생각 안 해본 것은 아냐. 그러나 나
에게 이것보다 더 잘할 수 있는 일은 없어. 그러니, 버릇
처럼 나오는 '지친다'는 말을 들어도 좀 참아줘, 나도 그

러지 않으려고 노력하는데 자신도 모르게. 그는 잔에 남은 와인을 마시며 한참을 말없이 경을 쳐다보았다. 그리고 그는 아무 말 없이 일어났다.

경은 호텔방으로 옮겨 샤워를 하고 호텔 가운으로 갈아입었다. 가끔 그는 호텔방을 예약해 경을 부른다. 경은 처음에는 웬 비싼 호텔방이냐고 불평했지만, 가정이라는 울타리에서 벗어나는 기분을 즐겨보고 싶다고 한다. 집으로 돌아간다는 것은 언제나 자신에게 가장이라는 의무를 상기시키는 것 같아 싫을 때가 있단다. 그 이후 그를 볼 때마다 그 말이 잊혀지지 않는다.

핸드폰 유튜브로 파가니니의 기타와 비올라를 위한 음악을 틀었다. 당신이 작가니까 자신을 더 잘 이해할 수 있다고 생각했어. 처음 외박한 후 그가 한 말이었다. 가정의 굴레를 벗어나고 싶어서 당신을 만난 거야. 그러면 난 외간 여자야. 그런 기분으로 살고 싶었어. 왜 여자들은 같이 살기만 하면 그 가정이라는 굴레를 덧씌우려 하는지 모르겠어.

웨이트리스가 호텔방까지 따라와 특별 서비스라며 각종 치즈와 와인을 테이블에 차려주고 갔다. 혼자 와인을 컵에 따랐다. 아직 반병 이상이나 남아 있다. 오롯이 혼자 와인을 마시니 제대로 와인 맛을 음미할 수 있다. 과일 향 때문인지 약간 단 기운이 경의 마음을 위로하는 듯 기분이 좋아진다.

언제나 경은 혼자였다. 그러나 이런 시간이 좋다. 아무도 간섭하지 않는 자신만의 공간과 시간. 그래서 유독 커피맛과 와인을 즐겨하는지도 모르겠다. 그리고 자신의 내면을 일깨우는 음악이 좋다. 그가 한심한 듯이 바라보는 눈빛이 떠오른다. 어쩌면 그가 그만두면 자신이 더 견디기 힘들어할지도 모른다. 자신은 어쩌면 그를 저당잡고 있는 것 같은 기분에서 벗어나고 싶은 거야. 그는 지금까지 12시 전에 들어온 적이 없다. 작가는 모든 것을 이해할 수 있다고 생각한다. 자신도 생활의 때가 끼이면 안 된다고 생각한다.

경은 일어나 와인잔을 들고 커튼을 젖히며 호텔 바깥으

로 눈을 돌렸다. 찬 공기를 마시기 위해 창문을 연 순간 아직도 질주하는 차들의 굉음이 경의 귀를 찌른다. 차 소리에 놀라 바로 창문을 닫으려는 순간 다시 창문 유리창에 금발 머리가 휘날린다. 다시 나타난 금발의 모습에 대한 놀람보다는 휘날리는 금발의 싱그러움에 가슴이 확 열린다. 헉, 경은 금발을 잡으려는 듯 유리창으로 가까이 다가간다. 손으로 금발을 만지려는 순간 모습은 사라졌다. 가슴을 훑어내리는 아픔이 온몸을 찔렀다. 그날 이후 때때로 예기치 않은 순간에, 그러나 친숙하게 찾아드는 이 느낌의 정체는 무얼까. 테이블로 돌아와 잔의 와인을 단숨에 마신다. 그래도 가슴의 아픔은 사라지지 않는다.

그는 언제나 배추 절여놓은 듯 지쳐서 경에게 왔다. 그날도 4시에 들어왔다. 경이 막 잠이 들었을 때 그는 경을 파고들었다. 졸음 속에서 그를 맞았다. 다 끝냈어? 끝나는 일인가? 술을 마셨나. 술 냄새가 난다. 경의 몸을 헤치고 미친 듯이 탐닉한다. 그럴수록 경은 도망친다. 이건 아니야. 몸이 움쩍하지 않는다. 매지리 호수에서 본 새 떼의

퍼덕거리는 날갯짓처럼 퍼덕퍼덕 힘겨운 날갯짓이 계속된다. 이마의 땀방울이 경의 가슴에 떨어진다. 끈적거리는 몸이 경을 향해 돌진하자 경은 자신도 모르게 몸을 뒤집었다. 동시에 그의 몸이 내팽개쳐졌다. 새 떼가 일제히 호수 수면으로 떨어진다. 호수 수면 얼음 위에 죽은 새들이 새까맣게 흩어져 있다. 경은 머리를 흔든다. 무슨 망상인가. 괜찮아? 경은 널브러진 그 쪽을 쳐다봤다. 너무 지쳤어. 경은 아득한 눈으로 그를 쳐다본다. '너무 지쳤어! 너무 지쳤어! 너무 지쳤어!……' 아, 미안. 당신이 이 말 제일 싫어한다고 했지? 경은 세차게 머리를 흔들며 목욕탕으로 들어갔다. 그리고 다시 샤워를 했다. 가슴의 아픔이 생생하게 다시 살아난다.

그 이후 서로가 서로의 그림자가 되어 지냈다. 그는 12시 이후에 들어와 경이 잠에서 깨어나기도 전에 집을 나갔다. 경은 언제나 그가 현관문을 열고 닫는 소리에 잠을 깬다. 소리에 놀라 부리나케 달려 나가면 조금 열린 현관문 밖으로 뒷등만 보일 뿐이다. 그날 이후 그와 경은 따로 따로 방을 쓰게 되었다. 경의 잠을 방해하지 않기 위해라는 그의 핑계였지만 언제나 가정을 벗어나고자 하는 그의 무의식적 욕망 때문이리라.

경은 후배가 유학 가 있는 프랑스 엑상프로방스에 당분간 떠나 있을까 생각했다. 구상해놓은 작품에 집중하려고 해도 집중이 되지 않았다. 하루 동안 이 모임에서 저 모임으로 떠돌며 밤새도록 술을 마셨다. 몸을 가눌 수 없을 정도로. 자신의 생활을 책임지지 못하는 무능력자! 원고료, 강연료, 심사료, 저작료 모두 합해도 한 달 평균 100만 원이 되지 않았다. 겨우 자신을 위해 쓰는 싸구려 화장품, 남대문 옷 정도 살 돈뿐이었다. 그가 제공해주는 카드로 여행, 생활비 등, 모든 것을 그에게 기식하지 않으면 안 되었다.

양철지붕에 비가 내리면
빗방울 그 쓸쓸한 음계를 세던 房
초저녁이면 초승달에 사는 오두막처럼

불을 켜는 房

쓸쓸함이 너무 환해 눈을 뜨기 싫은 방

언젠가 잠깐 머물다 간 房

모든 것이 다 있으면서도 아무것도 없는 房

곧 다시 돌아가야 할 房[*]

 가난의 그림자를 짊어지고 살아야 할 작가들. 그의 말
이 맞았다. 직장을 그만두면 숨 쉬는 것 외에는 아무것도
할 수 없다는 것을. 우선 당장이라도 가고 싶은 여행을 할
수 없다. 조금도 답답한 것을 참고 살지 못하는 주제에.
경은 스스로에 코웃음을 친다. 직장 생활을 해보지 않은
책임지지 않은 자의 무책임한 발언이었다.

 오직 아침 식사 준비로 생색을 내었었는데, 그가 아침
을 거절함으로써 그동안 팽팽하던 일상의 긴장이 소리

||||||||

* 권대웅, 「이월의 房」, 『동리목월』, 2019. 봄호.

없이 무너져 내렸다. 경은 아침으로 인해 그나마 그에게 조금이나마 떳떳하다고 스스로 위로하고 있었는지도 모른다. 그의 아침을 준비하기 위해 일찍 일어났고, 매일 어떤 메뉴로 새로운 것을 만들어주나 머릿속에서 하루종일 생각을 굴리며 이리저리 궁리하던 그것조차 그는 허용 않겠다는 것이다. 아침의 특별한 메뉴를 만들기 위해 자신이 어떤 노력을 했는가, 식탁 앞에서 그 앞에서 잘난 체하는 것도 아침뿐이었다. 그런 노력은 아랑곳없이 문자를 확인하고 뉴스를 체크하느라고 핸드폰에 머리를 박고 아침은 먹는 둥 마는 둥 하고 나갈 때마다 준비한 음식을 그의 얼굴에 던지고 싶어질 때가 한두 번이 아니었다. 직업상 어쩔 수 없다고 이해하려고 하지만 분노와 미움이 앞설 때가 있다. 그가 매일 고통스럽고 지친 듯 돌아와 침대에 들 때마다 경은 일부러 크게 심호흡을 해야만 숨을 쉴 수 있을 것 같았다.

조금 일찍 잠자리에 든 어느 날이었던가, 오후에 마셨던 커피 때문인가, 2시쯤 잠이 깼다. 안방 화장실을 다녀오자 거실 쪽의 희미한 불빛이 느껴졌다. 그가 거실 베란다 바깥에서 담배를 피우고 있었다. 담배 연기가 그의 모습을 감추었다가 다시 선명하게 비추기를 반복했다. 그때 왜 그랬는지 막막한 느낌이 들면서 가슴속이 내려앉았다. 그 시간은 유일한 그의 몫으로 그를 침해할 수 없다는 생각에 조용히 바라만 보았다. 그날 아침까지 잠을 잘 수 없었다. 희미한 의식 속에 자다 깨다를 반복했다. 움직임 소리에 놀라 일어났을 때는 현관문을 나서는 그의 뒷모습만 무너지는 절망감 속에서 바라보았다. 더 이상 그를 볼 수 없을 것이라는 이상한 예감이 들었다.

경은 일어나 커피 한 잔을 들고 컴퓨터 앞에서 작업을 하는 동안, 배가 고프면 입맛이 당기는 대로 어떤 때는 과일을 어떤 때는 누룽지, 떡 등 식사 대용으로 사놓은 것을 들고 와 컴퓨터 앞에서 배고픔을 달래듯 조금씩 손으로 뜯으며 어기적거렸다. 그러면서 울컥 눈물을 쏟았다. 가슴 밑바닥에서 항상 부글부글 끓어오르면서도 한 번도 그 앞에 내색해본 적이 없는 그래서 만성적인 피해 의식이 되어버린 분노가 울음 속에 뒤섞여 있음을 알고 있다. 사람이 죽는 것은 공포 때문이 아니라 허무 때문이라고 누가 그랬던가? 마음 같아서는 확 집을 떠나고 싶다. 그러나 어디를 가도 그가 만들어준 카드가 아니면 움직일 수가 없다. 엑상프로방스에 있는 후배에게 카톡을 보냈다. 한 열흘쯤 신세를 져도 되겠냐고 했다. 후배는 자신은 전혀 움직일 수 없으니 혼자서 자유롭게 다닐 수 있으면 와도 상관없다는 답변이었다. 낯선 곳에서 새로 시작해야 한다.

경은 그날은 어떻게 하든 그를 기다려야 한다고 생각했다. 12시가 넘자 졸음을 견디지 못하고 입을 크게 벌리며 하품을 연달아 해댔다. 눈가에 맺힌 눈물을 닦으며 그가 언제까지고 오지 않을 것 같은 예감으로 몸서리를 쳤다. 그날 이후 그와 자신 사이에 막막하게 무너져 내리는 느낌을 지울 수가 없었다. 그와 같이 산 이후 10일 이상 한 번도 말을 섞어보지 않은 적이 없었다. 과거에는 서로가 화가 난 상태에서도 분노를 자제하며 몇 마디씩 서로를 설득하려고 했었다. 이번에는 서로가 화를 낼 아무것도 없다. 그는 그대로 경은 경대로 지쳐 있을 뿐이다. 멋진 밤을 기대한 그날의 어긋남, 그것이 그의 잘못도, 경의 잘못도 아니다. 함께 산 지 20년, 적당히 삶에 지치고 미래에 대한 희망도 꿈도 포기한, 단지 큰일만 닥치지 않길 바라는, 그런 나이가 된 것이다. 어쩌면 경이나 그나 서로가 서로에게 지쳐 있음을 인정하고 싶지 않은 것이다. 삶이 꿈이고 희망인 시절을 지나 하루하루의 일상이 제의(祭儀)와 같은 것이 된 것이다. 오늘도 건강하게, 오늘도 행복하게.

엄마가 어스름 저녁이면 꺼이꺼이 울었던 것도 경의 이 나이 때였을까. 이미 2시가 지났다. 거실의 유리창으로 다가간다. 어둠에 잠긴 아파트 빌딩들이 부옇게 구름 속에 잠겼다가 다시 제 모습 찾기를 반복한다. 날씨가 흐렸던가? 경은 이마를 유리창에 붙인다. 쨍하며 찬 기운이 몸속을 훑고 지나간다. 구름 속으로 금발이 떠올랐다 사라지기를 반복한다. 금발이라니, 어떻게도 용납이 안 된다. 눈꺼풀이 아래로 자꾸 처진다. 거실 소파에 대자로 누워버렸다.

창문 틈으로 개미 떼들이 경을 향해 돌진했다. 차츰 천장의 조명등 사이에 생긴 미세한 틈으로, 에어컨 뒤로, 온 사방에서 개미 떼가 기어 나온다. 경은 꼼짝할 수가 없다. 차츰 개미들이 경이 누워 있는 엷은 이불 사이로 기어오른다. 경은 악 소리 외에는 마비된 듯 꼼짝할 수가 없다. 이불 사이로 개미 떼가 돌진한다. 안방 전체가 새까맣다. 경의 옷을 뚫고 몸을 밟고 개미 떼가 지나간다. 콧속으로 눈속으로 온몸 속으로 개미들이 들어온다. 경은 악 소리를 내며 일어나려 해도 몸은 움직여지지 않는다. 여기요, 고함을 질러도 아무도 나타나지 않는다. 온몸이 따끔거린다. 경은 발악하듯 몸을 일으킨다.

헉, 소파 아래로 떨어졌다. 그사이 잠이. 경의 온몸에 소름이 돋아 있다. 부엌 쪽으로 갔다. 이미 4시가 넘었다. 그는 아직이구나. 냉장고에서 물을 꺼내 물통째로 꿀꺽꿀꺽 마신다. 개미 떼라니, 그렇게 이상한 꿈은 또 처음이다. 핸드폰을 찾아 그에게 전화했다. 신호가 가자 내용을 남기라는 음성으로 넘어간다. 그동안 그가 했던 다정했던 말들과 경에게 해줬던 그 기념일의 그 해프닝은 한갓 이벤트였나. 갑자기 그가 낯설어진다. 오직 그가 했던 거짓 없이 진실한 말은 '지친다'는 그 말 한마디였나. 언제 이 남자가 내 남자였던 적은 있었나. 새들의 요란한 지저귐 소리에 시계를 보니 5시다. 그는 그날 이후 한 번도 집에 들어온 적이 없었나? 현관문 닫는 소리는 환청이었나. 그에 관한 모든 것이 의심스럽다. 엑상프로방스에 다녀올까. 다녀오면 모든 것이 제자리로 돌아와 있을까? 누구에게도 전화 거는 것이 무섭다. 예약한 비행기 출발 날짜가 아직 이틀 남았다.

아침 커피 한 잔을 마시고 양재천을 걸었다. 개천은 손보지 않은 풀들이 웃자라 물 흐르는 소리만 들릴 뿐 강은 숨어버렸다. 경은 풀을 헤치고 개천가 바위 위에 앉는다. 두루미 한 마리가 낮게 물 위를 선회하다 조그마한 돌멩이 위에 앉았다. 보이지 않는 새들의 부르고 응답하는 소리들! 돌멩이 사이로 흐르는 물살을 휘저으며 물과 함께 흐르는 작은 물고기들, 낮게 들려오는 살아 있는 것들의 숨소리! 경도 크게 숨을 내쉰다. 그러나 숙제를 해야 하는 학생처럼 무언가를 빨리 해결해야 할 듯 초조하고 마음이 불안하다.

어느 가을 일본 나가노현 쪽에 있는 단풍이 좋다는 가루이자와로 간 여행 때였다. 두 명이 탈 수 있는 자전거를 빌려 천천히 동네를 따라 돌았다. 일본이 아닌 마치 유럽 어느 고급 주택지에 와 있는 것 같은 착각이 들 정도였다. 조용한 별장지에 우거진 갖가지의 단풍잎 사이로 펼쳐지는 빛의 향연은 황홀하다 못해 빛의 축제 같았다. 그는 나뭇잎 사이로 쏟아지는 빛을 온몸으로 받으며 '아, 좋다'를 반복했다. 경 역시 그의 등 뒤에서 페달을 밟는 소리를 들으며 등 뒤로 쏟아지는 바람과 햇빛을 받으며 그의 허리를 꼭 쥐었다. 그러나 그때뿐이었다. 머리를 좀 식혀야겠다고 온 여행임에도 그는 식사할 때도 핸드폰을 손에서 놓지 않았다. 시간마다 뉴스를 체크했다.

료칸에서 저녁 식사 할 때였다. 가이세키 요리의 마지막 디저트로 나온 바닐라 아이스크림이 녹아 우유처럼 흐느적거렸다. 경은 딱하다는 듯이 그를 쳐다보았다. 제발 식사할 때만이라도 핸드폰 좀 안 보면 안 돼? 경은 짜증을 내었다. 내 직업을 걷어치우지 않는 한 그것은 불가능해! 정보가 부족해서 주가의 오르고 내림을 잘못 판단해서 고객들의 자산을 잃게 한다면, 애널리스트로서 자격 상실이지. 피곤해도 살아 있는 한 어쩔 수 없지. 나는 직업을 잘못 택한 것이고, 당신은 나를 잘못 택한 것이지. 당신은 그럼 고객 자산 늘려주는 것이 당신이 사는 의미야? 그것이 직업이니깐 어떡해? 그렇게 피곤한 직업인 줄 모르고 택한 거야? 젊었을 때, 자신이 모든 정보를 수집하고 분석해서 예측이 맞으면 그 기분은 무엇과도 비교할 수가 없었지. 당신 이제는 젊지 않아. 다른 직종으로 바꾸면 안 돼? 당신은 24시간 근무하는 것 같애, 꿈속에서도 증권 분석하는 것 아니야? 옆에서 보는 것만으로도 피곤한데 당신은 괜찮아? 물론 너무 집중하기 때문에 죽을 만큼 지치기는 해, 그러나 이것만큼 또 나를 짜릿하게 하는 것은 없어, 그럼 전혀 직업을 바꿀 마음이 없네. 그만두지 않는 한. 그때 경은 아득한 어둠 속으로 추락하는 것 같았다.

양재천에서 집으로 가는 길에 파리바게뜨에 들러 샌드위치를 사들고 집으로 와서 커피포트에 물을 채우고 엎었다. 그때 집에 그동안 느끼지 못했던 향이 경의 코를 스쳐 지나갔다. 경은 고개를 갸웃거리며 그의 방으로 갔다. 전날 세탁소에 보내기 위해 그의 바지 주머니에서 꺼내 책상에 올려놓은 영수증과 휴지 나부랭이가 책상 아래의 휴지통에 버려져 있다.

그가 왔다 갔다. 새 와이셔츠를 갈아입고 내의와 때 묻은 와이셔츠가 빨래 바구니에 들어가 있다. 경은 그의 와이셔츠를 건져 코에 대어보았다. 아직도 온기가 남아 있다. 경은 얼른 경비실로 내려갔다. 경비실에 있는 CCTV를 경비에게 돌려보라고 했다. 정확히 35분 전에 그가 택시에서 내리는 것과 엘리베이터를 타는 장면, 다시 그가

10분 전에 엘리베이터에서 내려 밖으로 나가는 장면이 찍혔다. 경은 얼른 핸드폰을 꺼내 그를 호출했다. 신호는 가는데 받지 않았다. 그는 자신이 왔다 간 것을 숨기지도 않고 그렇다고 전화도 받지 않는다. 마지막 결심을 한다. 엑상프로방스로 떠나는 것이다. 마지막 희망처럼 꿈을 꾸며.

　온통 해바라기꽃으로 뒤덮인 끝도 없는 들판! 햇빛이 해바라기꽃에서 산산이 부서진다. 그 위로 금발 머리카락이 가는 비처럼 흩날린다. 혼자만의 시간 속에서 자유를 향해 무한히 뻗어 오른다.

2

남프랑스에서 길을 잃다

남프랑스에서 길을 잃다

경은 희뿌연 어둠 속에서 눈을 떴다. 창문가로 가서 커튼을 젖히자 니스 바다가 통째로 가슴속으로 들어왔다. 파도 소리 때문인가 온몸이 멀미 날 것처럼 출렁거린다. 경은 창틀에 기대었다. 뭉게구름처럼 안개가 피어오른다. 하늘과 바다가 뒤엉켜 한통속이 되어 뿌연 안개 속에서 두둥실 떠다니는 것 같다. 귓전으로 들리는 파도 소리는 요란한데 바다는 보이지 않았다.

밤새 바다를 지켜보겠다는 마음에 몸이 배반을 때린 것인지 자신도 모르게 잠이 들었다. 너무 피곤해 샤워도 않고 침대에 쓰러진 모양이다. 옷은 입은 채 그대로이다.

핸드폰을 찾았다. 목욕탕 세면대 위의 전원에 얌전히 충전을 시켜놓았다. 아무것도 기억나지 않는데도 핸드폰을 충전시키고 잔 것을 보면 몸이 스스로 알아서 하는 자동 시스템이 신기하다. 한국을 떠나기 전까지만 해도 온통 그의 행방에 대한 관심이 마음을 지배하여 다른 아무것도 할 수 없었다. 남프랑스에 오자 그는 뇌리에서 사라졌다. 가끔 가슴의 고통과 함께 떠오르기는 한다.

일단 먼저 샤워부터 했다. 그리고 좀 두꺼운 바바리로 갈아입고 백 깊숙한 곳에 넣어둔 담요를 꺼냈다. 커피포트를 찾아 물을 끓여 가지고 온 블루마운틴 드립 커피를 보온병에 넣고 우려내었다. 망원경도 찾았다. 조그마한 배낭에 짐들을 챙겨 넣고 담요를 뒤집어쓰고 조심조심 현관과 정원을 거쳐 몇 겹의 호텔 문을 뚫고 바닷가로 나갔다. 순간 안개가 걷히며 크레용으로 색칠한 듯한 파아란 바다가 확 눈에 들어온다. 아, 자신도 모르게 감탄사가 나온다. 어제 니스에 도착, 해변가를 관통하는 버스 속에서 본 옥색 물빛을 만났을 때 가슴에 찌르르 하는 통증이 찾아왔다. 그가 떠난 이후 생긴 통증이었다.

그는 여행할 때만은 24시간 입에 붙은 '지친다'는 말을 안 했다. 그는 부인과 이혼하면서 친엄마와 함께 미국에 있는 딸부터 한국으로 불러들였다. 딸도 초등학교에 들어가자 조금 힘든 일만 끝내면 '어휴 지쳐'라고 아빠의 흉내를 내었다. 그 당시 경은 딸을 자신의 손으로 키운 지 겨우 3년밖에 안 돼 웬만하면 넘어갔지만, 그날은 그동안 참고 참았던 화를 벌컥 내었다. 그렇게 화를 낼 만한 일도 아닌데 왜 그때 그랬는지. 생각해보면 '그'에게 얹혀산다는 기분 때문일까. 조강지처가 아니라는 콤플렉스가 이런 것일까. 항상 경은 발을 땅에 붙이지 못하고 둥둥 떠다니는 것 같다.

밀물 때인지 보도블록 바로 앞에서 파도가 찰싹거린다. 창백한 수은등이 화답하듯 깜박거린다. 경은 해변가 보도블록을 따라 하염없이 걸었다. 목에 걸친 망원경으로 틈틈이 하늘을 올려다보고 별을 찾아보지만 계속되는 비구름에 하늘이 갇혀버렸다. 경이 한참을 걸어 보도블록이 끝나는 지점까지 왔을 때였다. 아득한 곳에서 이어졌다 끊겼다 하는 기타 소리가 바람을 타고 들려왔다. 마치 꿈에서 몸속으로 스며드는 듯. 자신이 좋아하던 〈알함브라 궁전의 추억〉이었다.

이 시간에 여기서 〈알함브라 궁전의 추억〉이라니! 보통 듣던 감미로운 음색보다 더 쓸쓸한 듯 절절히 하소연하듯 들렸다. 이 넓은 공간에 오직 파도 소리만의 고즈넉함 때문인가. 보도블록 위쪽으로 긴 그림자를 드리우고 자신의 위용을 보여주는 듯 멀리 그림자처럼 보이는 니스성 아래쪽에 바로 보도블록이 끊기는 곳이었다. 옹기종기 모여 있는 바위 위로 거품을 잔뜩 문 파도가 위협하듯 달려오다 다시 달아났다. 좀 더 음악을 가까이서 듣기 위해 소리 나는 곳으로 갔다. 헉, 꿈속에서 보던 금발 머리였다. 경은 마치 자석이 끌어당기듯 바로 그 자리에 서서 움직일 수가 없었다. 기타 쪽으로 기울인 얼굴은 보이지 않고 쏟아진 금발 머리채 속으로 긴 손가락의 움직임만 보일 뿐이다. 남프랑스에 도착, 금발 머리만 봐도 온몸이 얼어붙었다. 가슴의 통증이 몸을 타고 다리로 흘러내렸다. 한참을 붙박이처럼 서 있었다.

기척도 아랑곳없이 여전히 기타 연주에 몰두하고 있었다. 경은 조용히 심호흡을 했다. 몸의 경련이 서서히 풀려오자 경은 발돋음으로 금발의 오른쪽 옆을 지나 그의 뒤쪽으로 갔다. 딱히 금발 때문에 여행을 떠난 것은 아니지만 이렇게 만나고 보니 충격 속에 빠졌다. 하기야 여기는 어디서든 금발을 쉽게 만날 수 있는 곳이 아닌가. 바람을 탄 금발의 머리 움직임에 따라 몇 가락의 머리카락이 일어나 손짓하듯 경을 향해 흔들렸다.

금발을 하염없이 쳐다보았다. 마치 기타의 연주에 맞추듯 금발도 강약에 맞추어 연주하듯 흩날렸다. 꿈속에서 그토록 애태우던 금발의 휘날림을 바로 눈앞에서 보다니. 조용히 담요를 깔았다. 왜 하필 〈알함브라 궁전의 추억〉이란 말인가. 경은 금발과 자신의 만남을 누군가 운명적으로 기획하신 게 아닌가라는 생각이 잠시 스쳐갔다. 얼토당토 않는 상상 속에서 가끔은 손톱으로 뜯는 듯 감미로운 리듬이 가슴속으로 스며들면서 아픈 가슴을 위무했다. 고양이처럼 몰래 소리 내지 않고 자리를 깔고 앉았건만 여전히 연주에만 열중이다. 니스의 밤바다에서 웬 〈알함브라 궁전의 추억〉! 아무리 생각해도 기적 같다. 거기에 금발까지. 바다와 하늘이 열릴 때까지 차라리 알함브라 궁전의 추억이나 감상하는 게. 머리를 두 무릎 속에 묻고 기타 소리에 귀를 집중했다. 뒤쪽에서 들으니 마치 기타 소리가 금발의 몸을 통하여 울려 나오는 것 같다. 순간 금발의 등에 귀를 묻고 싶다.

몇 년 전 알함브라 궁전을 다녀온 이후 〈알함브라 궁전의 추억〉에 쏙 빠져 그 이후 수도 없이 들었다. 나스르 궁전을 지은 무하마드 1세 알 갈리브의 멋진 의식 때문이었다. 순간 경의 머리에 번개 같은 것이 지나갔다. 아, 그때 이후 금발의 꿈을 꾸기 시작했다. 무하마드 1세 알 갈리브는 서양인이라고 할 수 없는데, 이슬람의 반은 동양적일 텐데 하필 금발이라니, 경이 머리를 갸우뚱 흔든다.

경이 니스의 프롬나드 데 장글레 해변 거리에 아담한

호텔을 잡았을 때는 이미 밤 9시가 넘은 시각이었다. 프롬나드 데 장글레 해변가는 세계 유수의 대형 호텔이 대부분의 공간을 차지하고 있었다. 호텔 방에서 시각마다 색깔이 바뀌는 니스 바다를 밤새도록 볼 수 있다면, 더 이상 바랄 것이 없었다. 그리고 일단 쉬어야 했다. 깨끗하고 아담한 호텔을 찾았다. 하루 종일 걸어서 다녔기 때문에 지쳐서 호텔만 잡으면 그냥 침대에 몸을 던지고 싶다. 발을 질질 끌며 해변가를 걷고 걸었다. 30분을 걸어도 들어가고 싶은 호텔을 찾을 수 없었다. 배도 고팠다. 엑상프로방스 후배 변호사 집에서 아침을 먹고 나오면서 싸 온 샌드위치로 점심을 때우고 일정을 놓칠까 봐 배고픈 줄도 모르고 뛰어다녔었다.

엑상프로방스에서 차를 한 대 놓치고 12시 10분에야 겨우 니스로 가는 버스를 탔다. 버스 터미널로 오는 갈림길에서 잘못 길을 들어선 것이다. 그동안엔 길을 잃어도 어디든지 새로 방향을 잡아 가면 대충 다시 그 길이 나타났다. 그런데 그날은 방향을 찾아 걸어도 계속 낯선 길이 나타났다. 결국 다시 갈림길까지 와서 그동안 낯이 익었던 길을 잡고서야 터미널로 올 수 있었다. 예상했던 시간에서 이미 30분이 지나 11시 첫차는 떠나버렸다. 다음 차를 타도 2시나 도착해 샤갈, 마티스 미술관만 다녀와도 돌아가는 마지막 차를 타기는 힘들 것이다. 어차피 온 김에 에즈빌리지와 생폴드방스를 들렀다 가기로 정했다.

한국에서 출발할 때는 상황에 따라 일정에 융통성을 가지기로 했다. 경은 약간 불안한 마음으로 창문 너머 강한 바람을 타고 떨어지는 비를 바라보았다. 길을 잃은 것도 비 때문이었나. 순간 엑상프로방스에 온 이후 매일 반복해서 다녔던 터미널로 오는 길을 헤맸다는 게 이해가 되지 않았다.

전날 밤이었다. 후배와 저녁을 먹고 이런저런 이야기 끝에 그와의 갈등을 말했었다. 경이 이야기를 마치자 후배는 저는 선배한테 이해가 안 되는 게 있어요 했다. 선배는 그 정도 자신의 성취도 했고 다른 사람이 보기는 유복하고 남부러울 것 없어 보이는데, 선배는 자신이 가난하고 별 볼 일 없는 사람처럼 항상 겸손이 지나쳐요. 작가이기 때문인지, 그게 작가라고 하는 사람들의 제스처인지 선배를 볼 때마다 헷갈렸어요. 그런데 남편 이야기를 듣고 보니 약간 이해가 가기도 하네요.

모두가 내 것 같으면서 내 것이 아닌, 혹시 그것 조강지처가 아니기 때문에 오는 콤플렉스 때문 아니에요? 그로 인해 선배님의 정체성 자체가 흔들리는 것 같아요! 경은 자신이 차마 인정하고 싶지 않았던 조강지처가 아니기 때문에 오는 콤플렉스라는 말을 듣고 허를 찔린 듯 스스로도 깜짝 놀랐다. 시부모나 시댁에 어떤 일에도 전혀 요구하지 않는 '그'의 태도에 한편 고마우면서도 시댁에서는 영원한 이방인으로 살게 되었다. 그의 자유주의적 성품 때문이라 생각하기도 했다. 그는 딸에 대해서도 경에게 어떤 것도 요구하지 않았다. 굳이 한국에서 잘 기르겠다고 경이 고집을 부렸건만 경이 신경 쓴다고 미국으로 보냈다. 그런 것도 그러면? 영원한 이방인!

후배와 양주 한 잔씩 따라 마셨다. 좀 더 그와의 관계를 천착하기 위해 그와 만난 처음부터 이야기를 시작했다. 처음 그와 데이트를 시작할 때는 밤 10시고 새벽이고 어느 때든 내가 만나고 싶을 때 언제든지 찾아와주었어. 그땐 정말 자유로운 영혼이라 생각되었거든. 내가 워낙 별 보기를 좋아해 강원도 오색약수터 근처 숲으로 혼자 별을 보러 간 적이 있었거든, 그날 밤 11시쯤 이제 일이 끝났다며 전화를 해 어디냐고 하길래 오색이라 했더니 바로 서울에서 출발해서 새벽 1시에 거기에 나타난 것 있지. 정말요? 멋지다. 에이! 같이 안 살았으면 계속 멋진 남자로 남아 있을 텐데. 그러게 말이야. 선배, 근데 같이 살면서는 왜 그게 안 될까요. 연애할 때는 일단 매일 안 보잖아. 만나고 싶을 때만 보니까. 그럼 선배, 지금부터 서로 헤어져서 살면서 다시 연애하면 되잖아요. 그래서 전 결혼 안 하잖아요. 호호. 후배는 바람이 세차게 창문을 때리자 창문을 닫으러 가며 웃었다.

대부분의 사람들은 그 사람이 딱히 좋아서라기보다는

외로움 때문에 어쩔 수 없이 결혼한 경우가 많은 것 같아요. 혼자 이 세상을 버틴다는 게 두려울지도! 그만큼 자기 자신에 대해 자신이 없는 거죠. 맞아, 경은 후배의 말에 자조적으로 대답했다.

강한 비가 창문에 연거푸 따닥따닥거리며 부딪쳐 떨어졌다. 버스를 타고 가는 동안 내내 후배의 말이 귓전에서 윙윙거렸다. 그럼 선배, 지금부터 다시 헤어져서 연애할 때처럼 살아요. 선배도 여기에서 저와 같이 살아요. 말이 돼? 너처럼 난 능력도 안 되고. 여기서 작품 쓰면 되잖아요. 떠나올 때 그에게 엑상프로방스로 떠난다는 문자를 남겼다. 그에게는 아직 답장이 없다. 당분간 그를 머릿속에서 지우기로 했다.

겨우 찾은 호텔은 큰 호텔 속에 보석처럼 박혀 있었다. 정원도 꽤 볼 만하고 시설도 좋은 쾌적한 아담한 호텔이었다. 3층 방을 안내받았을 때 바다를 향해 있는 창문을 활짝 열었다. 9시가 넘었는데 이제야 어둠이 스며들고 있었다. 청자주색의 물결이 회색의 하늘을 향해 연모의 춤을 추고 있었다. 아, 좋다. 절로 감탄사가 터져 나왔다. 배에서 소리가 난다. 혹시 출출할 때 먹을까 하고 마트에 들어가서 샀던 바나나와 요플레가 생각났다. 경은 목욕탕으로 가서 손을 씻고 가방을 뒤져 요플레와 바나나를 꺼냈다. 음식이 앞에 있으니 배가 엄청 고프다.

샤갈 미술관과 마티스 미술관은 고급 주택지에 있는 언덕 쪽에 자리 잡고 있어 걷기도 힘들었다. 더군다나 마티스 미술관은 샤갈 미술관에서 걸어갈 만하다고 생각하고 걸었다. 가도 가도 끝이 없었다. 지칠 때쯤 간판이 보였다.

샤갈과 마티스의 미술관의 규모가 너무 달랐다. 샤갈 미술관에는 샤갈이 주로 후기에 그렸던 구약을 위주로 한 대형 성서화가 전시되어 있다. 한 주제의 그림을 집중적으로 모아두었기 때문에 의미가 있는 미술관이다. 성경의 아가서만 소재로 한 방이 따로 있고 말년에 샤갈이 즐겨했던 대형 스테인드 글라스가 그려져 있다. 그 당시 문화부 장관이었던 앙드레 말로가 제안해서 이곳에 미술관을 지었다고 한다. 나중에 샤갈은 이 미술관을 자신의 생애를 마지막까지 보냈던 생폴드방스로 옮기려 했으나 뜻대로 되지 않았다고 한다. 그러나 많은 사람들이 방문하는 이곳이 오히려 더 많은 사람들에게 샤갈의 예술 세계를 보이게 될 것이다.

그러나 마티스 박물관에 비해 규모가 적다. 마티스 박물관에는 마티스의 회화는 물론 그림도구, 작업현장 등이 다양하게 전시되어 있었다. 마티스의 모든 것이 전시되어 있다고 생각하면 된다. 미술관의 규모도 넓고, 3층으로 샤갈의 두 배나 된다. 원화를 만날 때마다 그림의 세계는 경에게 새로운 삶의 지평을 열고 새로운 활력을 준다. 그림에서 뿜어 나오는 에너지는 바로 화가의 열정이기 때문이다.

전날 고흐가 마지막 여생을 보냈다던 아를에 들렀었다. 고흐가 죽기 전에 입원해 있었던 노란색 바탕의 병원 건물은 연속 비가 내리는 우기 때문에 야생화들의 썩은 잎들만이 정원을 채우고 있었다. 또 건물의 여기저기 벗겨진 페인트칠은 고흐의 참담한 마지막처럼 쓸쓸했다. 고흐를 좋아했던 만큼 그 버려진 듯한 느낌이 견디기 힘들었다. 고흐가 예멘 모카 마타리 커피를 자주 마셨다던 아를의 포름 광장에 있는 밤의 카페테라스 역시 커피를 즐기기엔 너무 후줄근하고 불편했다.

모든 시설이 너무 오래되어 낡고 칙칙한 의자에서 스며 나오는 곰팡이 냄새는 죽은 고흐를 다시 조롱하는 것 같았다. 도망 나오듯이 엑상프로방스로 돌아왔다. 그다음 날 마르세유로 잡아놓았던 일정을 니스행으로 바꾸었다.

금발은 〈알함브라 궁전의 추억〉 연주를 끝내고 잠시 기타를 내려놓고 바다를 바라보았다. 차츰 안개가 사라지고 있었다. 경은 보온병을 꺼냈다. 조심스럽게 하다 보니 오히려 보온병 뚜껑을 떨어뜨렸다. 금발이 놀란 듯 벌떡 일어나 뒤를 돌아보았다. 경도 놀랐다. 보온병을 바위 위에 두고 일어나 고개를 깊이 수그리며 영어로 죄송하다는 말을 반복했다. 그는 언제부터 여기 있었냐고 역시 영어로 물었다. 〈알함브라 궁전의 추억〉 연주가 너무 매력적이라 모르게 그만, 띄엄띄엄 말했다. 당신 〈알함 브라 궁전의 추억〉 좋아하느냐고 물었다. 너무 사랑하는 곡이다라고 말하자 금발은 그레잇 그레잇 하며 댓즈 굿. 경에게 달려와 악수를 청했다.

경이 당황해 다시 보온병마저 떨어뜨릴 뻔했다. 보온병을 치켜들고 커피 마시겠느냐고 물었다. 다시 그레잇, 그레잇을 반복한다. 경이 아무렇지 않은 듯 몸을 바로하고 준비한 컵에 커피를 따라주었다. 커피 향기가 두 사람 사이를 감돌았다. 그는 또다시 커피향이 좋고 맛있다며 휴대용 커피잔을 치켜들며 그레잇 그레잇 했다. 경은 프랑스인은 보통 에스프레소를 마시지 않느냐고 물었다. 에스프레스도 마시지만 자신은 아메리카노 커피도 함께 즐긴단다. 자기 전에는 주로 아메리카노를 마신다고 한다.

안개가 벗겨지면서 옅은 에메랄드색 바다가 서서히 드러났다. 이 아름다운 바닷가에서 〈알함브라 궁전의 추억〉을 듣다니. 생각할수록 기적 같다. 경은 그 여운 속에서 커피의 향을 음미하며 서서히 안개가 걷히는 먼바다를 응시했다. 멀리 통통배 소리가 들려왔다. 눈을 그쪽으로 돌렸으나 소리만 날 뿐 아직 배는 보이지 않는다. 경이 침묵을 깨고 어떻게 이 시간에 여기서 기타 연주를 할 생각을 했냐고 물었다. 자신은 이 근방에서 살지만 니스 바다를 너무 좋아해 이 시간에 기타를 들고 여기를 자주 온다고 했다. 이건 자신의 큰 즐거움 중의 하나라고 했다.

자신이 기타를 배우기 시작한 것은 이 곡을 잘 연주하고 싶은 것 때문이었다고 한다. 처음에 기타 곡을 좋아하게 된 것은 역시 스페인의 작곡가 로드리고의 〈아란후에스 협주곡〉을 들으면서 하우저의 첼로 연주와 페트리트 체쿠의 기타 합주에 반했기 때문이었다고 한다. 페트리트의 연주를 듣고 기타를 계속 배우고 싶어 대학조차 스페인으로 가려고 했단다. 진학을 위해 부모님과 이야기를 나누는 와중에 사업가이신 아버지의 말씀 때문에 진로를 바꾸었다고 한다.

우리의 삶에서 극치의 아름다움을 통해 행복을 누리는 것만큼 자신의 주위도 아름답게 가꾸어야 한다. 주위를 아름답게 가꾸는 것은 자신의 행복만큼 남도 함께하는 것이다. 행복은 다른 사람과 함께 누릴 때 배가 된다. 너처럼 극치의 아름다움을 통해 행복을 누리고 싶어도 돈이 없어서, 시간이 없어서, 지식이 부족해서, 육체적으로 불편해서, 이런저런 이유로 누리지 못하는 이웃들이 많다.

그들도 왜 그런 행복을 누리고 싶지 않겠나? 그런 행복감을 누리는 만큼 이웃도 함께 행복해야 진정한 행복을 누리는 것이다. 결국 자신은 더 많은 사람을 돕기 위해 마르세유대학에서 지적재산법을 전공하고, 마을에서 예술작품을 두고 벌어지는 이런저런 분쟁을 맡아 해결해주는 지적재산권 소유 분쟁 해소를 위한 법인을 설립, 운영하고 있다고 했다. 그래서 낮에는 틈이 안 나 가끔 늦은 밤, 혹은 새벽에 나와 몇 시간씩 해변가에서 기타를 연주하며 한때 꾸었던 기타 연주자로서의 꿈을 생각하며 즐긴다고 했다.

경이 후회는 없냐고 물었다. 지금도 아버지의 충고가

옳았다고 생각한다고 했다. 기타를 멋지게 연주하는 것도 남을 행복하게 해주는 것 아닌가요? 경이 물었다. 그건 한정된 사람에게만 줄 수 있는 것이고 사람이 살아가는 데 그것보다 절박한 것들이 너무 많다는 것을 알게 되었다고 했다. 또 하나의 계기가 있었다고 한다. 대학을 가기 위해 마드리드대학을 들렀다가 그라나다 알함브라 궁전을 갔었는데 거기서 충격을 먹었다고 했다.

알함브라 궁정의 아름다움은 돈이나 권력이 주는 아름다움이 아니라 인간에 대해 생각하게 하는 철학이 담겨 있었다고 한다. 어떤? 경은 금발을 쳐다봤다. 그는 멀리 꿈을 쫓는 듯 먼바다를 보고 있었다. 알함브라 궁전의 나스르 궁전 안의 사자를 떠받치고 있는 분수가 있는 사자의 정원 안에는 총 네 개의 방이 정원을 떠받치고 있다. 그 방 중에 왕의 방을 들여다보고 충격을 받았는데, 절벽이 바라다보이는 방에 베개 하나만 달랑 놓여 있었다고 한다. 절대 권력자인 왕이 아무 장식도 없는 방에 오직 베개 하나 달랑. 그리고 왕은 때로는 몇 시간씩 그 방에서 뒹굴었다고 한다.

안내인의 말에 의하면 왕의 취미라는 것들도 너무 서민적이었다고 한다. 궁전의 어느 곳에서도 졸졸 흐르는 물소리를 들을 수 있게 하라고 했단다. 그래서 정원마다 분수가 흐르고 있었다. 심지어 실내에도 작은 분수에서 흐르는 물소리가 졸졸 났다. 또 하나 왕의 즐거움은 여자들의 장신구에서 흘러나오는 찰랑거리는 소리, 또 거기에다 여자들의 소곤거리는 소리를 좋아해 왕의 방을 아랫방 시녀들의 수다 소리를 들을 수 있게끔 설계되었다고 한다.

14세기 왕이었는데도 진정한 일상의 기쁨을 누릴 줄 아는 왕이었다. 절대 권력을 누리며 마음만 먹으면 여자들뿐만 아니라 모든 것을 탐닉할 수 있었던 왕이 그 조그마한 행복을 즐겼다니. 알함브라 궁전을 다녀온 이후 인생에 대해 많은 것을 생각했다고 한다. 아름다움이나 행복은 남을 희생시키지 않는 범위 안에서 누리는 것이라는 것을, 그리고 함께 누리면 그것이 배가된다는 것을!

그런 이야기를 듣고 알함브라 궁전을 둘러보니 이슬람 왕국의 비극의 한 부분인 마지막 무하마드 1세 알 갈리브의 슬픔과 고독이 더 절실하게 느껴졌다는 것이다. 〈알함브라 궁전의 추억〉 기타 연주를 들을 때마다 마지막으로 빼앗긴 이슬람 왕국의 존재가 더 애절하고 더 쓸쓸하게 들렸다는 것이다. 이 곡의 작곡자 역시 스페인 최고 기타 작곡가 프란시스코 타레가로 스페인 사람이기 때문에 스페인의 비극적 역사가 절절했을 것이다. 알함브라 궁전의 몰락에 대한 안타까움을 쓸쓸함 뒤에 오는 애절함으로 표현한 것 같다. 타레가도 사자의 분수에서 물 떨어지는 아름다움 소리에 감동을 받아 〈알함브라 궁전의 추억〉을 지었다고 했다. 그 곡을 연주하고 있으면 알함브라 궁전을 통하여 이슬람 당시 왕들의 일상을 엿볼 수 있는 풍경과 스페인의 새로운 왕국에 정복당한 비극성이 더욱 더 애절한 느낌을 자아내는 것 같다고 했다. 그래서 무하마드 1세 알 갈리브 왕의 마지막을 생각하고 자신은 겸허해진다고 했다. 경도 금발의 이야기를 들으면서 순간 머리가 멍해지며 그동안 자신이 살아온 길이 파노라마처럼 지나갔다.

경도 알함브라 궁전을 돌 때 왕의 취미에 대한 구체적의 설명을 안내해준 분의 이야기에 매료되었다. 경은 금발이 자신과 똑같은 이유로 알함브라 궁전에 공감했다는 것이 너무 감격스러웠다. 경은 알함브라 궁전의 이 부분에 대해 주위 사람들에 이야기했지만 그렇게 공감도가 높지 않았다.

알함브라 궁전의 너무 멋진 이슬람 아라베스크 문양 등 화려함에 도취하려넌 일마든지 도취할 수 있다. 또 기하학적 설계의 구조가 주는 묘한 매력에 취한 사람들도 많다. 그 이야기를 듣고 〈알함브라의 궁전의 추억〉을 들으면 애절함과 감미로움은 알함브라 궁전을 더 애잔하게 했다.

금발이 경에게 어떻게 〈알함브라 궁전의 추억〉을 좋아하게 되었냐고 물었다. 경은 잠시 망설였다. 잠시 경은 기도하듯 눈을 감았다. 당신과 똑같은 이유예요. 당신이 이야기한 궁정 어디에서나 물이 흐르는 소리, 여자들의 장신구 딸랑거리는 소리, 여자들의 수다 소리, 그런 것들은 매일 우리 생활에서 접할 수 있는 일상적인 것이잖아요. 일상으로 접하기 때문에 쉽게 소홀하기 쉬운 것들이잖아요. 모든 것을 비우며 살겠다는 철학이 없으면 보이지 않는 것들이거든요. 세심한 관찰이 아니면 그런 통찰력이 나올 수 없어요. 일상의 조그마한 것들을 세심하게 보고 그것이 의미화될 때는 소중하지만 눈여겨보지 않으면 다 쓸모없는 것처럼 생각되죠. 경은 그날따라 영어 단어가 전혀 막히지 않고 떠올라 자신도 놀랄 만큼 영어로 대화할 수 있는 자신에게 감탄했다.

금발과 이야기를 나누면서 공감대가 형성되니 신기했다. 스페인을 여행한 많은 사람들 중에 이 이야기를 아는 사람도 전혀 없었다. 그런데 여기에서 똑같은 이유로 알함브라 궁전을 좋아하게 된 사람을 만나다니. 경은 그 이야기를 듣고 나니 한 번 더 연주를 듣고 싶었다. 한 번 더 연주를 해주면 안 되느냐고 물었다. 그는 어깨를 으쓱하

며 슈어(Sure) 하고 기타를 들었다. 한참 줄을 맞추고 마
치 노래라도 부를 것처럼 기침을 몇 번 하더니 연주를 시
작했다. 등 뒤에서 들을 때는 보지 못했던 연주가 여자보
다 더 섬세하게 생긴 손가락이 만들어내는 리듬이 마치
하프를 타는 듯 줄 위에서 춤을 추는 것 같았다.

선율을 뜯듯이 하는 기타의 음색은 처음부터 울림에서
오는 애절함이 절절하게 들렸다. 하얀 청바지에 쥐색 티
도 잘 어울렸지만 어깨까지 출렁거리는 금발의 휘날림과
예술적으로 생긴 긴 손놀림이 어울려 자아내는 천상의
소리를 듣는 듯 아득하게 경의 가슴을 꽉 채웠다. 금발의
휘날림과 손가락의 움직임이 또 다른 예술이었다. 경은
연주를 마치자 기립해서 '판타스틱 판타스틱!' 하며 박수
를 쳐주었다. 그리고 자기만을 위해 연주한 것에 대한 고
마움에 포옹을 해주었다. 둘은 한참 포옹 속에서 공감을
표시했다. 그리고 이제 거의 안개가 걷히고 맑은 청빛 파
도가 온통 물결을 이루며 춤을 추고 있는 바다를 한참 바
라보았다.

멀리 하늘에서 붉은 기운이 퍼지고 있었다. 니스에서의 꿈만 같은 시간이었다.

이제 차츰 산책 나오는 사람들과 한둘 조깅을 하는 사람들이 생겼다. 경은 여기에서 해가 뜨는 장면을 보고 다음 여행 코스인 에즈빌리지와 생폴드방스로 떠나야 한다. 아침에 호텔에서 느긋하게 식사를 하고 대중교통을 이용해서 다녀올 것이다.

점점 하늘에는 붉은 기운이 올라오며 하늘을 물들인다. 저는 해 뜨는 것을 보고 갈 생각인데 어떻게 하실는지요? 경이 말을 끝내기도 전에 금발은 벌떡 일어났다. 아침에 급한 볼일이 있다고 지금 떠나야 한다고 짐을 챙기기 시작했다. 그러면서 기타를 박스에 넣고 바닥에 깔았던 조그만 수건을 뭉쳐 일어섰다. 경에게 가벼운 포옹을 하며 인사를 하고 떠났다. 경은 그 순식간의 떠남이 믿기지 않아 멍한 상태로 자리에 그대로 앉아 있었다. 그러더니 금방 금발이 다시 돌아왔다. 그리고 깊은 포옹을 하며 미스터리어스 미스터리어스를 반복했다. 뭐가 미스터리한지 경이 정신도 차리기 전에 보도블록에 있던 차가 부릉 하며 떠났다. 경은 한참을 멍한 상태로 있었다. 그리고 한참 후 순간적인 황당함과 외로움에서 벗어나기 위해 자리를 옮겨야겠다고 생각하고 자신도 짐을 챙기고 일어났다.

그러자 다시 여행 일정에 대한 고민이 일었다. 오늘 후배네 집이 있는 엑상프로방스로 돌아가려면 오늘 방문하려고 한 에즈빌리지와 생폴드방스를 빨리빨리 다녀와야 할 것이다. 일단 호텔에 가서 일출을 보고 아침밥을 먹고 움직이자. 전투력이 생기자 발걸음이 빨라졌다.

다시 커피 한 잔을 끓여 아침 식사 시간 전에 호텔 창틀에 앉아 구름 속에서 서서히 피어나는 붉은 기운을 보며 일출을 기다렸다. 조금 전에 일어난 금발과의 만남이 아직도 현실처럼 느껴지지 않았다. 먼먼 아득한 옛날 꿈속에서 만난 한 장면 같았다. 어디서 사는지 이름조차 알지 못하니 꿈속에서 만난 것이나 마찬가지이긴 하다. 아직도 벅찬 가슴이 시 한 편으로 밀려온다. 곧 경은 볼펜을 꺼내어 써본다.

니스의 바닷가에서

수많은 날들 중의 어느 새벽

니스의 바닷가에서

몇 겹의 안개 속에서

먼 먼 길을 돌고 돌아

우연한 너와 나의 만남

깊고 깊은 포옹

이 짧고 영원의 순간을

역시 꿈이라고밖에 말할 수 없으리

아직 희뿌연 안개 속에서 조깅하는 사람들과 산책하는 사람들이 마치 되돌리는 영화 필름 속 사람처럼 둥둥 떠다니는 것 같다. 아침 8시를 기다리려면 아직도 한 시간 이상이나 남았다. 새벽에 많은 일을 한 것 같기도, 아무것도 하지 않은 아쉬운 감정이 경을 안절부절못하게 한다. 금발에 대한 기대인지 좀 더 그런 시간을 연장하지 못한 아쉬움인지 모르는 정리되지 않은 감정이 뒤엉켜 온몸을 휘돌아다닌다.

찢어진 구름 속으로 이글거리는 태양이 모습을 드러내다 금방 다시 구름 속으로 숨었다. 여기저기 구름을 뚫고 나온 빛의 화살들이 금싸라기가 되어 바다 수면 위를 통통 튀어 오른다. 새로운 감동으로 이어져야 할 풍경들이 스쳐 지나갈 뿐이다.

아침을 먹고 9시에 에즈빌리지로 가는 버스를 타기 위해 호텔을 떠났다. 호텔 지배인의 말에 따라 10분 정도 걸어 버스 정류장을 찾았다. 그러나 시간표에는 분명 9시 30분에 도착이라고 써 있는데도 버스는 감감무소식이었다. 다시 한 시간 이상을 기다려서야 버스를 탈 수 있었다. 옆자리에 앉은 청년을 쳐다보고 영어가 가능한지 물어보았다. 젊은 남자 대학생 나이다. 잠시 머뭇거리다, 조금은 할 수 있다고 말한다. 버스가 왜 시간 스케줄에 따라

움직이지 않느냐고 물었다. 9시 30분 버스를 타러 나왔
다, 1시간 30분이나 지나서야 탈 수 있었다고 하니, 오늘
이 화이트데이 휴일이라 시간 스케줄이 다르다고 한다.
헉. 당황스럽다. 휴일이라니! 신문도 텔레비전 뉴스도 안
봤으니 휴일을 알 리가 없지. 오늘은 엑상프로방스로 돌
아가야 한다. 생폴드방스까지 갈 수 있을지 갑자기 마음
이 급해진다. 그럴 줄 알았으면 생폴드방스를 먼저 갈 것
을.

기다리는 시간에 비하면 니스 시내에서 한 시간 정도밖
에 걸리지 않는 모나코로 가는 길 중간에 에즈빌리지가
있다. 돌집을 둘러싸고 있는 덩굴과 작은 야생화 정원들
이 보여주는 집집마다 독특한 아름다움은 그림 같다. 마
치 동화에 나오는 백설공주 집들 같다.

매표소에 입장료를 내고 들어가면 동산에 선인장 정원
이 있다. 선인장 정원을 오르는 절벽에서 내려다보이는
지중해의 코발트색 바다가 특색을 이루는 도시이다. 그
러나 비가 추적추적 내린다. 바위 위로 내리는 비 때문에

한 손에 우산을 들고 배낭에 손에 든 백까지 거추장스러워 걷는 것도 힘들다. 미끄러워 아찔아찔한 순간을 견디며 천천히 걷다보니 두 시간이 걸렸다.

경은 생폴드방스로 가기 전에 에즈빌리지 마을 아래쪽에 있는 레스토랑으로 들어가 점심인지 저녁인지 모르는 어중간한 식사를 시켰다. 배가 고팠다기보다 그 이후의 일정에 대한 망설임 때문에 생각할 시간이 필요했다. 간단한 샌드위치와 야채 샐러드, 커피를 시켰다.

바위를 굴착기로 파서 만든 바위 속 안에 지어진 레스토랑이었다. 경은 레스토랑 안으로 들어가지 않고 보도블록 옆 돌 담장가에 있는 테이블에 앉았다. 절벽 아래에도 집들이 옹기종기 모여 있다. 조그마해도 앙증맞고 아담한 정원들이 눈을 즐겁게 한다. 혼자 돌아다닐 때 식사를 주문하면 혼자 먹기에는 식사의 양이 너무 많아 곤혹스럽다. 원체 적게 먹는 경은 양의 3분의 1밖에 먹지 못한다. 다행히 양이 그렇게 않지 않다. 루왁 같은 부드러운 커피 맛도 좋다.

휴일 때문에 일정에 차질이 생겼다. 오전만 에즈빌에서 보내려고 했지만 이미 마지막 버스밖에 없다. 대중교통의 휴일 배차 시간에 맞추다 보니, 하루가 더 걸려야 생폴드방스를 갔다 올 수 있다. 인터넷을 검색해보니 어떤 관광객이 대중교통 시간 때문에 반나절 관광 코스를 하루를 걸려 갔다 왔다고 억울해했다. 경도 지금 똑같은 처지이다. 자칫 대중교통편이 없어서 생폴드방스를 못 갈 수도 있다. 못 간다고 생각하니 너무 아쉽다.

샤갈이 만년을 보냈고 피카소, 르누아르, 미로, 이브 몽탕, 자크 프레베르 등 너무 많은 예술가들이 살았고 살고 싶어 했던 마을, 생폴드방스를 꼭 가보고 싶다. 또 하나의 걱정은 생폴드방스로 가는 대중교통이 끊길 시간이다. 오늘의 운명에 맡길 수밖에 없다. 버스 정류장으로 내려갔다. 벌써 마지막 버스 한 대밖에 남지 않았다며 많은 사람들이 기다리고 있었다. 돌아다닐 때는 보이지 않던 관광객이 어디서 쏟아져나왔는지 4, 50명은 족히 되는 것 같다.

몇 시쯤 버스가 오느냐고 물었더니 자신들도 모른단다. 휴일에는 버스 시간표도 없나? 매표소가 따로 없으니 물을 사람이 없다. 표를 끊는 대신, 버스에 있는 플라스틱함에 직접 돈을 넣게 되어 있다. 기다리는 동안 생폴드방스로 갈까 바로 엑상프로방스로 갈까 마음이 왔다 갔다한다. 그러나 버스가 늦게 오면 엑상프로방스로 가는 버스도 끝이 난다.

4시 30분이 지나고 있다. 엑상프로방스로 가는 마지막 버스가 5시 30분에 있다. 그렇다고 니스까지 가면 다시 생폴드방스로 가는 대중교통이 있느냐가 문제이다. 마음속으로는 생폴드방스로 이미 향하고 있다. 사걀 때문만은 아니다. 프랑스 시인 중에 가장 익숙한 자크 프레베르도 샤걀과 비슷한 시기에 그곳에서 15년 이상 함께 있었다고 한다. 그 작은 마을에 왜 그토록 예술가들이 살고 싶어 했고 그곳을 사랑했는지 직접 확인하고 싶다.

5시가 다 되어서야 마지막 버스가 왔다. 엑상프로방스로 돌아가는 마지막 버스는 이미 끊겼다. 생폴드방스로 가야 한다. 생폴드방스로 가는 버스도 끊겼을 테고 택시를 잡을 수밖에 없다. 니스 시내로 들어갈 때까지 이미 일정이 확정되었는데도 마음이 혼란스럽다. 오늘 니스에서 다시 바닷가로 나가면 〈알함브라 궁전의 추억〉을 다시 들을 수 있을까. 그러나 머리를 세차게 흔든다. 그러나 어찌 되었든 엑상프로방스로 돌아갈 수 없다면 생폴드방스를 가야 한다.

니스 시내로 들어와 정류소에서 내리자마자 택시를 찾았다. 마침 버스 정류소 바로 앞 몇 대의 택시가 기다리고 있었다. 후배 이야기로는 프랑스에는 택시 운영이 예약제이기 때문에 바로 탈 수 없다고 들어 미심쩍어하며 택시 기사에게 생폴드방스로 갈 수 있느냐고 물었다. 그러자 물론 갈 수 있다고 했다. 얼마에 갈 수 있냐고 물었다. 58유로라고 한다.

한때 프랑스에는 영어가 통하지 않아 불어를 못하면 돌아다니기 힘들다고 했다. 그러나 이제는 택시 운전사까지 영어가 통한다. 언어에 아무 불편함이 없다. 그리고 생폴드방스 라 콜롬보 도르 호텔(황금 거위 호텔)로 가자고 했다. 도중에 혼란스럽던 마음과는 다르게 방향을 전하자 마음이 안정된다.

라 콜롬보 도르 호텔은 생폴드방스에서 샤갈처럼 거기에 살던 예술가들이나 방문해서 몇 달을 머무르는 예술가들에게 식사와 호텔을 제공, 돈을 낼 수 없는 화가들은 자신들의 작품을 대신 주었다고 한다. 그 기증된 작품을 지금도 로비에 전시하고 있어 여러 가지 의미가 있는 호텔로 유명하다. 일단 생폴드방스에서 자려면 호텔 방을 잡아야 한다. 그리고 마을을 둘러보더라도 호텔을 잡은 이후 할 생각이다.

에즈빌리지 갈 때처럼 해안가 길이 아니고 계속 마을을 뚫고 택시는 달린다. 러시아워인데도 휴일이라 그런지 막히지 않고 호텔 앞에 40분 만에 도착했다.

호텔 현관 앞에 벽보가 붙어 있다. 기사가 읽고 성수기가 지나 당분간 10일쯤 휴관한다고 말해주었다. 경은 성수기를 지나 한가한 시간을 택해 여행을 왔더니 이런 어려운 문제가 있구나 하는 난감한 생각이 들었다. 어디에 가서 오늘 묵을 방을 찾지? 일단 기사에게 돈을 지불하고 돌려보냈다.

마을을 둘러보면서 방을 정해야겠다고 생각했다. 관광객들은 마지막 버스로 싹 빠져나갔는지 마을이 텅 빈 듯 조용하다. 성채로 둘러싸인 마을은 아틀리에와 갤러리로 구성되어 있다. 아래층에는 대부분 상가이고 2층은 살림집이다. 마을은 처음부터 기획된 것처럼 골목마다 보도블록이 잔잔한 예쁜 자갈을 심은 듯 다양한 문양으로 수놓듯 심어져 있다.

30대 초 디즈니랜드로 갔을 때 인간의 상상력의 위대함에 감탄을 했었다. 그런 똑같은 감탄이 흘러나왔다. 이토록 아름다운 마을이 있다니, 여기가 바로 천국 같다. 마을 전체가 기획된 한 편의 예술 작품 같다. 샤갈, 피카소, 마티스, 뷔페, 르누아르, 시인 자크 프레베르 등 너무나 많은 예술가들이 이 마을을 사랑했다. 집 한 채, 한 채는 규모가 크지 않은 아담한 사이즈다. 마을 중간에 있는 분수와 골목마다의 정취가 이 마을에 정착해 죽을 때까지 살고 싶은 욕망을 끌어낸다.

몇 번째 골목을 지나도 호텔 같은 것은 찾을 수가 없다. 아틀리에나 갤러리도 거의 문을 닫고 쇼윈도에 다양한 색깔의 조명만이 가게 안을 비추고 있다. 물어보려고 해도 지나가는 사람조차 없다. 순간 길거리에서 잠을 자야 되는 것 아니야? 하는 생각이 들었다. 돈이 들더라도 택시를 좀 기다리라고 할 것을 후회가 된다. 그때 마침 검은 와이셔츠에 검은 진을 입은 남자가 큰 강아지를 끌고 산책을 하고 있다.

헬로 헬로 하며 반복해서 불렀다. 좀 떨어져 있었기 때문인지 몇 번 만에 머리를 획 돌리며 뒤돌아본다. 앗, 저 휘날리는 금발은! 경은 말문이 막힌다. 아니, 어떻게 여기에⋯⋯. 금발도 경을 보고 놀랐다. 당신이 왜 여기에 있냐고 묻는다. 이 생폴드방스 오는 것이 오늘의 계획 중의 하나였다고 말한다. 금발은 자신의 집이 바로 생폴드방스에 있다고 했다. 경은 순간 버려진 것 같은 외로움에서 벗

어나 구원자를 만난 기분이다. 지금 자신은 호텔을 찾는
중이라고 했다.

　여기 라 콜롬보 도르 호텔 외의 호텔은 마을을 벗어나
위쪽으로 많이 올라가야 한다고 했다. 금발이 안내해줄
듯 손으로 방향을 가리키더니 한참 고민하듯 아무 말이
없다. 자신의 부모님 집이 비어 있으니, 자신이 거기서 잘
테니 당신은 오늘 자신의 집에서 자라고 한다. 경은 망설
인다. 아무리 한 번 만난 사이라 해도 이름조차 모르는 남
자 집에서. 그렇지 않으면 자기가 차로 니스까지 데려다
주겠다고 한다.

　니스를 가도 엑상프로방스까지 가지 않으면 아무 소용
이 없다. 여기까지 와서 생폴드방스를 보지 않고 그대로
떠날 수는 없다. 경은 어떻게 해야 할지 모르겠다. 아 참,
내가 사는 집이 샤갈이 살았던 집이라고 하면 넌 떠나지
못할 것이라고 말했다. 경은 입을 다물지 못했다. 금발이
경의 가방을 뺏어 앞질러 간다. 경은 가방을 뺏으러 금발
을 따라간다. 금발과 함께 걷던 윤이 자르르한 개가 경을

향해 우렁차게 짖으며 함께 따라온다. 골목 사이로 길게

뻗친 햇빛 한 가닥이 뻗어 있다.

3

생폴드방스에서, 길을 찾다

생폴드방스에서, 길을 찾다

금발이 경의 백을 뺏어서 앞질러 간 곳은 한참 안쪽으로 들어간 마을의 제일 끝에 있는 라인이었다. 왼쪽으로 골목이 새로 시작되는 담장이 덩굴로 둘러싸인 돌로 된 집에 열쇠로 문을 열었다. 문도 아치형이다. 개가 거실 한쪽 방석 놓인 곳이 제자리인지 가서 물그릇에 있는 물을 먹는다. 처음과 다르게 익숙해졌는지 낯선 사람에게 짖지 않는 점잖은 개다. 우리나라의 잘생긴 진돗개 비슷하다. 아래층은 부엌과 큰 서재 겸 거실이 있었다.

금발은 경을 쳐다보며 잘 방을 안내하겠다고 하며 2층 계단으로 올라간다. 경도 금발을 따라 2층으로 올라갔다.

2층 왼쪽에는 욕조가 딸린 꽤 넓은 화장실과 오른쪽에는 방이 있었다. 큰 방에는 침대 하나만 덩그러니 놓여 있었다. 침대 맞은편에 생폴드방스를 소재로 한 샤갈의 그림 한 점이 붙어 있다. 생폴드방스를 소재로 했을 때는 고향 비테프스크를 그릴 때보다는 덜 몽환적이다. 현실적이다. 오리지널 그림을 가정집에서 보기는 처음이다. 금발을 따라 방을 지나 테라스로 갔다.

구름 사이로 붉은 기운이 쭉 퍼져 있다. 아치형의 테라스 중간에 조그마한 분수가 졸졸거리며 물이 흘러내린다. 분수를 테이블 삼아 양쪽으로 나무 의자가 놓여 있다. 금발은 자신이 먼저 의자에 앉으며 경도 앉아보라고 한다. 금발이 기둥에 있는 스위치를 누르자 두 면으로 된 거울 화면이 하나는 위로 하나는 아래로 펼쳐진다. 아래쪽 거울과 위쪽 거울 양쪽에서 지중해가 넘실거리고 있다. 조금 멀리 보이는 지중해를 과학적 방법을 동원, 거울 속으로 끌어들였나 보다. 경은 저절로 감탄사가 나왔다. 에즈빌리지에서는 비가 왔었다. 비구름에 가려 낭떠

러지 밑으로 멋있게 보인다는 지중해를 볼 수 없었다. 저 너머의 에메랄드빛 지중해가 거울 속에서 넘실거리고 있다. 테라스 너머는 갖가지 작고 큰 나무로 이루어진 숲이었다. 경은 가슴 깊은 곳에서부터 벅찬 감동이 일어났다. 숲을 바라보며 크게 심호흡을 했다. 그리고 금발에게 달려갔다. 금발은 경을 깊이 포옹했다. 경은 금발이 여기까지 데려와준 것이 너무 기뻤다.

제가 독립하면서 이 집에서 살게 된 거죠. 집 바깥은 그대로지만 안은 많이 고쳐진 집이라고 했다. 경이 한참 넋을 잃고 있는 사이 금발은 방 바깥에 있는 벽장에서 꺼냈는지 새 침대 시트와 베개 커버를 침대 위에 내려놓는다. 침대 시트를 빼고 새 것으로 갈기 시작한다. 경은 자신이 하겠다고 뺏었다. 그러나 금발은 이 침대는 자신이 익숙하기 때문에 더 잘 할 수 있다며 다시 뺏었다. 그리고 베갯잇까지 갈아주고 내려가며, 곧 같이 저녁을 먹게 샤워하고 내려오라며 아래층으로 내려갔다.

이런 상황에 익숙하지 않은 경은 멍한 채 테라스로 가

서 한참 앉아 있었다. 그러자 후배한테 보이스톡이 왔다. 도착했냐고 한다. 아, 미안, 오늘 휴일인 줄 몰라서, 스케줄이 꼬여서 마지막 버스를 못 타 내일 엑상으로 가야겠다. 연락한다는 것이 호텔 정하느라 왔다 갔다 하다 미안해, 저녁까지 준비했는데. 고마워! 정말 미안해. 저녁은 언제 어떻게 될지 모른다고 혼자 먹으라고 했잖아. 내일? 글쎄? 마지막 버스라도 타고 내일은 꼭 올라가야지. 지금 여기 생폴드방스, 그래 너도 조심하고 내일 봐. 금발이 기다릴 것을 생각하고 얼른 목욕탕으로 갔다. 그리고 샤워를 시작했다. 그리고 실내복 겸 잠옷으로 가지고 온 가벼운 원피스를 입고 아래층으로 갔다.

식탁에는 야채 샐러드와 연어 구이, 다양한 빵과 치즈, 올리브, 소고기 스테이크, 레드와인, 화이트와인이 차려져 있었다. 오늘 이런 일이 있을 줄 알았으면 시장을 봐둘걸! 반찬이 하찮아서. 냉장고에 있는 것은 다 내놓았으니! 맛있게 먹어요. 경은 금발이 했던 대로 어깨를 추켜올리며, 그레잇 그레잇! 나에게는 최상의 저녁 만찬이라고 했다.

금발은 경을 쳐다보며, 어떻게 그렇게 영어를 잘 하느냐고 했다. 순간 부끄러워, 당신이 프랑스인이라 그렇게 생각되지, 미국인이나 영국인이 보면 형편없는 영어다. 금발은 자신도 미국에서 2년간 살기도 했다고 한다. 누나가 의사이기 때문에 조카들을 부모님이 돌보고 있다고 했다. 부모님이 미국에 계시기 때문에 자신은 고향을 지킬 수밖에 없다고 했다. 자신의 친할아버지가 이 지역의 시장으로 일했기 때문에 자신의 집안은 생뽈을 보손하고 아름답게 가꿀 의무를 가지고 있다고 했다. 자신이 지적 재산권 소유 분쟁 해소를 위한 회사를 설립한 것도 그런 집안 책임감 때문이었다.

레드와인, 화이트와인? 이야기를 하다 갑자기 금발이 일어서서 화이트와인 병을 들고 물었다. 경은 앞에 놓인 와인잔을 들면서 우선 '화이트와인'을 외쳤다. 금발이 와인을 따를 때 잠시 흘깃했더니, 프랑스 남부 지방에서 많이 나는 세미용(semillion)이었다. 와인병을 경이 받아 금발의 잔에 따랐다. 그리고 잠시 후 경이 물었다. 너 이름이 뭐니? 금발이 만난 지 몇 시간 만에 이름을 묻는 거냐고 했다. 당신은 내 이름을 묻지도 않았잖아? 서로 와인잔을 들고 웃었다. 우리 이제 정식으로 인사하자고 했다. 클레지오. 경. 둘은 와인잔을 들고 서로의 이름을 불렀다. 잔을 부딪치고 가볍게 한 모금씩 마셨다. 음! 부드럽고 달콤한 복숭아 향의 맛이다. 다시 한번 잔을 부딪친다. 연어와 야채를 홀스래디시 소스로 버무린 연어 샐러드를 집어 먹었다. 약간 매운 맛이 와사비의 매운 맛인지 경의 입에 익숙하다. 연어의 맛과 화이트와인의 맛이 잘 어울린다. 다시 와인잔을 부딪친다.

이 집에 관해 다시 이야기해주세요. 어떻게 샤갈이 이집에 살게 되었는지 듣고 싶었다. 자신이 대학을 졸업하고 회사를 만들면서 부모님으로부터 독립, 이 집을 물려받았다고 했다. 이 집을 새로 개축하며 알함브라 궁전 분위기를 살리려고 2층 테라스에 분수도 만들었다고 한다.

샤갈이 두 번째 부인 바바와 결혼했을 무렵 이 집에는 다른 사람이 살고 있었는데 마침 다른 곳으로 이사 가면서 집이 비게 되었단다. 샤갈은 결혼 후 죽을 때까지 계속 이 집에서 살았다고 해요. 그럼 30년 이상 이 집에서! 금발은 다시 어깨를 으쓱했다. 원래 이 집은 클레지오의 할아버지 소유로 있다, 아버지가 이어받고 다시 아버지가 자신에게 물려주었다고 한다.

자신의 집안은 이 동네에 대대로 물려온 땅이 많았다고 한다. 샤갈, 미로, 마티스, 르누아르 등 많은 화가들이 드나들 때 생폴드방스가 주목을 받는 마을로 성상했다. 샤갈과 자크 프레베르 등 당대의 유명한 예술가들이 죽고 함께했던 다른 예술가들이 이 마을을 빠져나가면서 한때 생폴드방스가 쇠락의 길을 걸었다고 한다. 그런데 할아버지가 시장으로 지낼 때 생폴드방스를 예술가들이 많이 올 수 있게 새로운 정책을 입안, 예술가들이 생폴에 정착할 수 있게 유도한 것이 성공, 지금 이렇게 생폴을 지킬 수 있게 되었다고 한다. 클레지오의 집안에서 땅을 많이 가지고 있었기 때문에 집을 많이 지어 예술가들에게 싸게 임대를 해, 살고 싶은 예술가들이 다 올 수 있게 유인한 것이 성공했다고 한다. 그리고 생폴 전체가 유명해지니 마을의 임대료가 조금씩 올라 생폴드방스 사람들도 더불어 윤택하게 되었다고. 그때 할아버지는 생폴드방스의 영웅이었다고. 그래서 지금도 생폴드방스에서는 함부로 임대료를 많이 못 올린다고 한다.

클레지오는 생폴드방스가 잘 운영되게 모든 문제를 마을 사람들과 의논하고 문제가 발생하면 해결한다고 한다. 생폴드방스에는 많은 예술가들이 활동하는 만큼 작품을 두고도 여러 가지 문제가 발생, 그것을 해결하는 것이 자신의 주 업무이고 그 다음은 생폴드방스를 어떻게 아름답게 유지하느냐를 고민하고 연구하는 일이 바로 자신의 일이고 자기 회사의 일이라고 한다. 한 달 전쯤 중국 대사관에서 중국 관광객이 여기에서 샀다는 그림 하나가 진품인지 가려달라고 연락이 왔는데, 그 그림을 어제 세관에서 찾아왔고 오늘 그 문제를 두고 회의하기 위해 일찍 출근한 것이라고 한다. 그것은 생폴드방스의 어느 갤러리에서도 판 적도 없는 누구의 그림인지도 모르는 가짜 그림이었다고. 그런 일이 많냐고 물었다. 똑같은 경우는 아니라 해도 비슷한 일이 많이 일어난다고 했다.

경은 클레지오가 생폴드방스를 위해 꼭 필요하고 의미 있는 일을 하고 있다는 생각이 들었다. 멋지게 본인의 취미 생활을 유지하면서. 클레지오가 경을 유심히 쳐다봤다. 궁금한 것을 묻고 싶은데 아무 말을 않고 와인잔을 든다. 경도 묻고 싶은 말도 많았지만 아무것도 물을 수 없었다. 클레지오가 레드와인을 또 다른 잔에 따라주었다. 이것은 남프랑스에서 많이 먹는 로제와인인데 모르는 사람이 많을 거예요. 흔히 마트에서도 살 수 있는 비싸지 않은 와인인데 그 대신 향이 좋아 경이 좋아할 것 같아서……. 그러면서 와인을 따라준다.

음, 정말 향이 좋다. 약간 진한 꽃향기 같기도 과일 향기 같기도 하다. 맛도 나쁘지 않다. 자신들은 식사할 때 보통 이 와인을 마신다고 했다. 하기야 와인의 나라 프랑스잖아. 면학 분위기를 유지하려는 후배와도 첫날 와인한 병을 마셨다. 그리고는 계속 여행만 했다. 경은 여행지에서는 그렇게 술을 많이 마시는 편이 아니었다. 대부분 그 다음 날 일정 때문에, 여행지에서 분위기를 찾아 술을 마시기에는 교통편도 또 술을 찾아다니기도 쉽지 않았다. 이제 제법 술이 취하는지 경이 침묵 모드로 들어간다. 아직도 이른 시간이다. 이런 분위기 갖추어진 날은 쉽지 않다. 내일 생폴 마을을 오전 중에 돌고 바로 엑상프로방스로 돌아가면 된다. 마음조차 홀가분하다. 클레지오가 다시 와인잔을 든다. 경이 와인잔을 들어 다시 당신을 만난 것이 기적 같다며 브라보를 외쳤다.

클레지오가 우리의 인연은 〈알함브라 궁전의 추억〉을 작곡한 프란시스코 타레가이다라고 외쳤다. 아니다, 무하마드 1세 알 갈리브이다. 경이 다시 외쳤다. 와인잔을 들어 다시 클레지오의 잔에 부딪쳤다. 클레지오가 한 손으로 경을 포옹한다. 그리고 경의 와인잔에 자신의 와인을 더 부어준다. 경은 마음이 벅차 아무래도 영어로 이야기를 할 수가 없다. 경은 계속 너를 꿈속에서 보았다고만 했다. 클레지오가 놀란다. 아니 언제? 어느 날 이후 몇 번씩. 니스에서 네가 떠난 이후 아쉬움 때문에 가슴이 아팠다. 아직 클레지오 네가 나에게서 무언지 모르겠다. 그래서 시를 썼다. 경이 자신이 쓴 시로 영어로 번역해서 낭송했다. 경은 와인잔을 치켜들고 띄엄띄엄 시를 낭송했다.

니스의 바닷가에서

수많은 날들 중의 어느 새벽
니스의 바닷가에서
몇 겹의 안개 속에서
먼 먼 길을 돌고 돌아
우연한 너와 나의 만남
깊고 깊은 포옹
이 짧고 영원의 순간을
역시 꿈이라고밖에 말할 수 없으리

왜 이 시를 읊으니 눈물이……. 경은 당황한다. 클레지오도 당황한다. 클레지오가 경의 옆자리로 옮긴다. 그리고 포옹한다. 경은 너무 행복하다. 너와 알함브라 궁전의 왕의 방에 대해 서로 교감을 나눌 수 있었던 게 행복하고, 꿈에 만난 너를 정말 만날 수 있어서 행복하고, 생폴드방스에서 다시 너를 만나서 행복하고. 그래서 오늘은 마음껏 취해보고 싶다.

클레지오는 경의 눈물이 자신을 원망하는 것으로 착각했는지 변명하기 시작했다. 노, 클레지오, 너의 〈알함브라의 궁전의 추억〉 연주를 한 번 더 듣고 싶을 뿐이야. 클레지오는 미안하다고 말했다.

여기는 관광지이기 때문에 너무나 많은 사람을 만난다. 만나는 사람마다 이름을 물을 수 없고, 물어도 소용이 없다. 단지 순간적인 만남에 만족해야 한다. 그러나 너처럼 우연히 두 번을 만나게 되는 경우도 있고 일부러 더 만나고 싶은 사람도 있다. 그럴 때 아니면 대부분 이름을 묻지 않는다. 그런데 너랑 헤어져 오면서 너를 그대로 보내면 안 된다는 생각이 몇 번씩 다시 너에게로 가게 했다.

지금까지 무수히 많이 〈알함브라 궁전의 추억〉을 기타로 치고, 알함브라 궁전을 지은 왕의 이야기, 왕의 방 이야기를 해왔다. 그런데 여기에 공감하는 사람은 아무도 없었다. 이야기할 때는 감탄하는 것 같은데 나중에 다시 이야기를 꺼내면 기억도 못 했다. 처음으로 당신이 완벽하게 나와 일치하는 의견을 보여주었다. 그런데 평소에 하던 습관대로 이름도 너에 관한 아무것도 묻지 않고 왔다는 것을 알고 차를 돌려서 갔을 때는 이미 넌 바닷가에 없었어. 그래서 너와의 인연은 거기까지라 생각했다. 그런데 다시 너를 만났다.

한국에서 넌 나를 만나러 온 거니? 그렇다고 했다. 클레지오는 농담으로 한 말에, 경이 그렇다니까, 하고 대답하자 경을 쳐다보며 정말?을 몇 번 반복했다. 경은 꿈꾼 이야기부터 금발의 환상에서 벗어나지 못했던 지난날을 이야기하려니 가슴이 벅찼다.

이미 두 병의 와인도 끝났다. 클레지오가 다시 와인을

따려고 한다. 더 이상 와인을 하지 말고 〈알함브라 궁전의 추억〉 기타 연주를 다시 한번 듣고 싶다고 했다. 그러자 클레지오가 일어나 경의 옆으로 와 경의 손을 잡고 2층 계단으로 끌었다. 이제 잠잘 시간? 경은 이 이상한 분위기가 뭔가 하고 클레지오에 이끌려 따라갔다. 2층 계단을 지나 옥상으로 올라갔다.

클레지오가 입구에 있는 스위치를 올리자 불이 환해지면서 꽃밭이 나타났다. 와우! 이런 가을에도 웬 꽃! 투구화, 추명국, 갖가지 색의 국화꽃, 왜승마, 층꽃나무, 용담 등 갖가지 색이 어우러진 야생화 정원이다. 설치대 위에 높게 설치한 망원경도 하늘을 향해 있다. 클레지오가 경의 손을 잡고 긴 나무 의자 위에 눕힌다. 가만히 누워 있어 보라고 한다. 그리고 소리를 들어보라고 한다. 자신이 내려가서 기타를 가져올 때까지 누워서 있어보라고 한다. 이렇게 누워 있으니 세상 천지에 자신밖에 없는 것 같다. 오늘은 별을 볼 수 있으려나? 하늘을 본다. 북극성을 비롯한 초저녁 별들이 깜박거린다. 웅웅거리며 소리가 모였다

다시 흩어진다. 술기운 때문에 의식이 집중되지 않는다. 술에게 자신이 먹히지 않게 심호흡을 한다. 자신이 멀리 사라졌다가 다시 돌아오기를 반복한다.

가물가물한 의식을 잡고 다시 소리에 귀를 기울여본다. 순간 윙 하며 모기 소리 같은 게 반복적으로 왔다 갔다 한다. 그러나 다시 벌레들의 날갯짓 소리가 여기저기 들린다. 경은 무슨 일인가 일어나 눈을 떴다. 와우. 수십 마리의 반딧불 초롱이 이 꽃 저 꽃으로 몰려다닌다. 클레지오가 켰던 전등불은 자동인지 이미 꺼져 주위가 어둑어둑하다. 경은 자신이 동화의 세계에 와 있는 이상한 나라의 앨리스 같은 기분이 들었다. 청정지역에서만 자란다는 반딧불이! 생폴드방스 사랑한다. 그때 〈알함브라의 궁전의 추억〉의 연주가 처음 바닷가에서 들린 것처럼 들릴 듯 말 듯 아득하게 들린다. 언제 왔는지 클레지오가 말없이 기타 연주를 하고 있다. 반딧불이의 윙윙거리는 소리와 낮게 깔리는 듯한 기타 연주가 묘하게 어울려져 깊은 산속처럼 고즈넉하다.

경이 잠이 깬 것은 새벽 2시이다. 엑상프로방스에서
부터 시차 때문에 9시면 잠이 들고 2시에 잠이 깬다. 그
때부터 작업도 하고 책도 읽고 후배가 일어나기 전에 아
침을 준비한다. 후배가 일어나면 같이 아침을 먹고 후배
는 학교로 경은 터미널로 향했다. 어젯밤 클레지오의 기
타 연주 소리가 가물가물 이어지듯 끊어지듯 한 것까지
는 기억이 난다. 그 이후는 기억이 없다. 망원경으로 별
을 봐야지 하는 생각을 품고 아득히 의식이 멀어졌다.
클레지오는 부모님 집으로 간 것인가. 아무 생각이 나지
않는다.

지금이 별을 보기에 딱 좋은 시간이다. 경은 침대맡에
있는 조명등을 켜고 백 속에서 휴대용 담요를 꺼낸다. 커
피를 마시고 싶다. 드립 커피를 배낭에서 하나 꺼내 경
은 계단 복도의 불을 켜고 조심조심 계단을 내려간다. 부
엌 쪽의 스위치를 찾아 불을 켜고 커피 포트를 찾는다. 식
탁 위에 어제 저녁 먹었던 음식도 깨끗하게 치워져 있다.
클레지오에게 미안하다. 기타 연주를 부탁하고 가물가물

의식을 잃었으니. 싱크대 옆에 커피 포트를 찾아 물을 넣고 끓인다. 찬장에 진열된 커피잔을 꺼내었다. 드립 커피의 봉투 위를 찢어 커피잔 손잡이에 고정하려다 커피 포트의 물 끓은 소리가 요란해 깜짝 놀라 컵을 떨어뜨릴 뻔했다. 그 소리 때문인지 거실 안쪽에서 인기척과 희미한 그림자가 다가온다. 경은 깜짝 놀라 클레지오? 클레지오? 오, 예스, 대답이 들어왔다. 그쪽에서 스위치를 눌렀는지 거실이 순간적으로 확 눈에 들어온다. 거실 한쪽 구석에서 잤는지 거실 소파로 조립한 간이침대와 얇은 이부자리가 깔려 있다. 클레지오가 잠옷 위에 가운을 걸치며 하품을 문 채 부엌 쪽으로 왔다. 잠을 깨워서 미안하다. 혼자인 줄 알았다.

클레지오가 미안하다고 한다. 어제 경이 의식이 없어서 일어나 남의 집에서 무서워할 것 같아, 부모 집으로 못 갔다고 한다. 경 역시 클레지오 침대를 뺏어서 미안하다고 사과했다. 클레지오가 벌써 일어난 것이냐고 물었다. 지금 커피 끓여서 옥상으로 별을 보러 가려는 중이었다고 했다. 다시 클레지오는 하품을 한다. 내일 아침에 다시 내년 생폴드방스의 갤러리 월세와 리모델링 등 제반 문제를 협의하기로 해 지적재산권 보존위원회가 열린다고 했다. 9시에 회의가 시작한단다. 어젯밤 자기 전에 회의 준비를 해야 해 자료와 기존 월세의 통계, 리모델링의 경우, 얼마까지 지원해야 하느냐 등 이전 자료를 정리하고 회의 준비를 마치고 잤다고 한다.

경이 리모델링에 드는 비용을 지적재산권 보호위원회에서 지원해주느냐고 물었다. 그것은 처음 갤러리나 아틀리에가 들어올 때 매월 적금처럼 지적재산권 보호위원회에 저축한 돈으로 지원이 가능하다고 했다. 리모델링이나 이런저런 일로 필요할 때 사용하기 위해. 아틀리에나 갤러리가 리모델링을 할 때는 지적재산권 보호위원회에서 회의를 거쳐서 돈이 지불된다. 이때 갤러리에서 지원해달라는 돈을 다 지원해주는 것이 아니고 그해정해진 금액만을 지불받을 수 있다고 한다. 그리고 갤러리 주인이 돈이 많다고 개인 돈을 더 내어서도 안 된다고 했다. 생폴드방스의 평균적인 균형을 맞추어야 이 마을을 유지하고자 하는 수준을 유지할 수 있지, 한 갤러리나 아틀리에가 자신의 개인 자산이 많다고 큰 갤러리를 사서 독식하고 이 마을이 자본에 의해 먹히면 지금 수준의 마을을 유지할 수 없다는 것이다. 여기는 한번 둘러봐서 짐작하겠지만 그만그만한 집에 비슷한 규모의 아틀리에나 갤러리 등이 아담해서 마치 자신의 집 거실 같은 분위기이다.

클레지오, 커피? 오케이. 경은 두 잔의 커피를 만들어 클레지오에게 한 잔을 주고 자신도 한 잔을 들고 계단을 올라가려고 발 한쪽을 올리고, 클레지오에게 혼자 별을 볼 수 있으니 잠을 더 자든지 회의 준비를 하라고 했다. 커피잔을 받으면서 클레지오는 또 어깨를 으쓱 올리며, 어차피 잠은 안 올 것이고 회의 준비도 끝났다며 같이 옥상에 올라가자고 한다. 경은 잠든 지 얼마 되지 않은 클레지오를 깨운 것 같아 미안했다. 클레지오는 옷을 갈아입고 가겠다고 먼저 올라가라고 한다.

그동안 남프랑스에서의 하늘을 보고 싶었지만, 거의 하늘이 구름으로 덮여 보이지 않았다. 어젯밤의 하늘로 미루어보면 별을 볼 가능성이 높다고 생각하며 옥상을 올랐다. 반딧불은 다 어디로 날아갔는지 몇 마리만 불을 달고 웅웅거렸다. 어제 누웠던 긴 나무를 보자 여기 누워서 가물거리던 의식을 붙잡고 〈알함브라의 궁전의 추억〉 연주를 듣던 것이 생각났다.

그 다음은…… 아무리 생각을 떠올려도 기억이 나지 않는다. 침대에 마치 자기 집처럼 얌전히 자고 일어났다. 커피를 한 모금 마시고 하늘을 올려다봤다. 마침 별똥별이 휘익 하며 아래로 떨어진다. 아, 별똥별 오래간만에 본다. 커피잔을 나무 의자에 내려놓고 망원경대로 올라간다. 수많은 별들이 도란도란 이야기하듯 빛을 내다 꺼졌다를 반복한다. 이젠 더 이상 한국 어느 곳에서도 별무리를 볼 수 없다. 어쩌면 경의 방황은 그 이후였는지 모르겠다.

생폴을 온다고 인터넷 자료를 뒤지다 알게 된 자크 프레베르의 시가 생각난다. 「이 사랑」이라는 제목의 장시였다. 머릿속에서 지워지지 않은 일부분을 외우면.

그래 난 외친다.

너를 위해 나를 위해

내가 모르는 다른 모든 이를 위해

거기에 있어다오

네가 있는 거기에

옛날에 있는 거기에

거기에 있어다오

움직이지 말아다오

떠나지 말아다오

사랑받은 우린

너를 잊었지만

넌 우리를 잊지 말아다오.

우리에겐 세상에 오직 너뿐

우리를 싸늘히 식도록 내버리지 말아다오.

아주 먼 곳에서라도 언제나

또 어느 곳에서는

우리에게 생명의 신호를 보내다오

아주 오랜 훗날 어느 숲 모퉁이에서

기억의 숲속에서

문득 솟아나

우리를 구원해다오.

「이 사랑」에 나오는 시처럼 별을 볼 때마다 염원하게 된다. 우리가 어디 있든 네가 있던 그 자리에 있어다오. 그리고 가끔 생명의 신호를 우리에게 보내다오.

여기서 샤갈과 거의 같은 시기를 살았다는 프랑스의 국민시인이라는 자크 프레베르 시 중에는 단순하면서도 많은 울림을 주는 시가 많다. 샤갈의 집 근처에 살았다는 자크 프레베르의 집은 인터넷에 주소까지 나온 것을 보면 샤갈과 달리 임대로 든 집이 아니고 자신의 집을 가지고 있었던 모양이다.

클레지오가 역시 커피잔을 들고 망원경을 보고 있는 경

옆으로 온다. 클레지오도 며칠 동안 거의 별을 볼 수 없었다고 한다. 그런데 오늘 이렇게 별을 볼 수 있는 것은 역시 경이 럭키하다고 한다. 여행 다니면서 별 보기를 많이 시도했으나 쉽지 않다. 여행을 같이 간 모든 멤버들이 오직 별을 보는 데만 목적이 있다면 가능하다. 그러나 관광을 같이 하면 거의 실패한다. 관광 일정을 끝내고 들어오면 자정 가까운 시간이다. 하루 종일 팍팍한 일정 속에서 호텔에 돌아오면 샤워만 하고 바로 다음 일정을 생각해서 잠자리에 들어야 한다. 경은 몽골에서도, 남미 볼리비아의 우유니에서도 별 보기에 실패했다. 우유니에서는 피곤함에도 파트너는 피곤해서 못 일어난다고 해서 그대로 자게 두고 새벽 2시에 비몽사몽간에 일어나 나갔지만, 그날도 날씨가 흐려 보지 못했다. 안나푸르나에서는 그래도 3시에 일어나 베이스 캠프로 향하는 산속에서 기대하지 않은 은하수와 별무리를 만나는 행운을 가졌었다.

클레지오가 망원경을 쳐다보다 경을 본다. 자신이 내년 겨울 12월쯤 아이슬란드로 오로라를 보러 가는데 같이 가자고 했다. 경은 숨이 턱 막혔다. 경도 요즈음 아이슬란드의 오로라를 보기 위해 호시탐탐 기회를 노리고 있는 중이다. 오케이. 갈 것이다. 너무 쉽게 대답하니 클레지오가 경을 돌아보며 리얼리?를 두 번이나 반복한다. 경은 자신도 오로라를 보기 위해 캐나다 쪽으로 가거나 아니면 아이슬란드로 가나 고민하고 있었다고 대답한다. 클레지오가 신기한 듯이 경을 쳐다보며 정말 우리 둘은 태어나기 전에 이미 알고 있은 것 같다고 감탄한다. 경은 알함브라 궁전에 가서 왕의 방을 보면서 왕에 관한 이야기를 들을 때 그때 자신은 몇백 년 전에 이 왕과 인연을 맺었어야 하는데 현실 속에서 경이 외롭게 사는 것은 아마도 그 왕과 인연을 맺지 못했기 때문이라 생각한다고 말했다. 그때 왕이 클레지오 자신이라고 말했다. 둘은 큰 소리로 웃었다. 그리고 새벽이라는 것을 새삼 깨닫고 웃음을 멈췄다.

클레지오는 경의 오른손을 얌전히 잡았다. 자신은 살아가면서 아름답고 행복한 순간을 만날 때마다 자신을 사랑하게 되었다고 한다. 그리고 힘이 솟는다고 했다. 자신은 생폴드방스의 이웃 사람들을 행복하게 하는 데 힘을 쏟자고 맹세하게 된다고 한다. 자신이 행복한 순간만큼이 생폴드방스의 사람들도 모두 행복하게 살았으면 좋겠다고 한다. 그래서 자신이 이 마을을 위해 최선을 다하면다른 사람들도 그럴 것이라고 생각한다. 여기에 머무르면서 작업하는 화가들이나 설치미술가들도 불편 없이 작업할 수 있게 돕는 것이 자신이 해야 할 일이라고 생각한다. 이 생폴드방스의 행복감이 세계 여기저기로 퍼져나가 세계 인류가 모두 행복했으면 좋겠다.

생폴드방스에서 절약하고 낭비하지 않고 쓴 예산 중에일 년 동안 결산해서 남은 돈은 모두 아프리카의 마다카스카르 등 몇 군데로 지원이 된다고 했다. 우리 아버지는너만 행복하면 안 된다, 너의 행복감을 다른 사람들과 함께 나눌 수 있을 때 그 행복은 시너지 효과를 가진다고 하셨다. 생폴드방스가 그럴 때 진정한 아름다운 마을이 될것이다.

경은 클레지오의 말을 듣자 꿈을 꾸고 있는 것 같았다. 경이 생각하던 행복이 바로 여기에 있다는 생각이 들었다. 떠올리지 말자고 몇 번을 다짐했지만 그의 '지쳤어' 하는 말이 경의 귓속을 비집고 들어왔다. 그가 여기 와서 클레지오의 말을 들었어야 하는데, 안타깝다. 서울로 돌아가면 그에게 클레지오 이야기와 생폴드방스 이야기를 해주어야겠다. 서울로 돌아가면 방법이 있을 것 같다. 그렇게 생각하다 보니 클레지오의 가족은? 결혼은? 갑자기 클레지오에 대해 궁금해졌다. 경은 클레지오를 쳐다봤다. 아이슬란드에 나하고 가도 되니? 클레지오는 다시 어깨를 으쓱하며 와이 낫? 한다. 너의 가족은? 롱롱 스토리, 우리 다음에 만나면 이야기하자. 클레지오에게도 사연은 있는 것인가. 경은 화제를 바꿔야겠다고 생각하고 일어났다.

경과 클레지오는 긴 나무 의자에 나란히 앉았다. 경은 클레지오에게 샤갈과 자크 프레베르에 관해서 이야기 좀 해달라고 했다. 자신의 아버지는 샤갈과 자크 프레베르가 자주 가던 라 콜롬보 도르 호텔에서 같이 술도 마시고 식사도 같이 했다. 자주 샤갈과 자크 플로베르 이야기를 했었다. 그러나 자신은 아직 어릴 때라 특별히 샤갈이나 자크 프레베르의 이야기를 기억하지 못한다고 했다. 나중에 책을 통해 그들에 관해 읽었을 뿐이다. 대체로 그들은 낮에는 집에서 작업을 하고 저녁에 산책을 하거나 예술가들끼리 모였다고 한다. 그들은 라 콜롬보 도르 호텔에 몰려서 술을 마셨다고 한다.

그 호텔도 옛날에는 허술한 여관 겸 식당이었는데 외부에서 온 화가들이 한 달 혹은 몇 달간 머무르다 돈을 지불할 수 없자 그림을 주고 가는 일이 많았다고 한다. 그 이후 그 화가들이 유명해지면서 그림 값이 올라서 여관 주인도 덩달아 부자가 되었다고 한다. 그리고 큰 호텔을 지었다고 한다. 지금도 호텔 로비에 그때 받은 그림을 전사하고 있어 더욱 유명해졌다고 한다.

마을 사람들 중에는 그렇게 유명한 화가들이 많이 살고

있었다는 것도 모르는 사람들도 있었다고 한다. 그 당시에는 그들이 평범한 화가들이었고, 나중에 다시 평가되면서 유명해진 화가가 많으니까. 나중에 생폴이 관광지로 부각되면서 마을 사람 중에는 관광객에게 듣고 그때서야 누가 여기에 있었다는 사실을 알게 된 사람도 있다고 한다. 클레지오도 어머니 아버지를 통해 샤갈, 마티스, 미로 등의 예술가들의 이름을 듣긴 했지만 자신은 그때 초등학교 학생인지라 이름을 들어도 별 관심이 없었다고 한다. 이 집은 원래 비어 있다 샤갈이 빌린 집이기 때문에 1층 작업실에서 부인 바바와 낮에는 거의 작업을 하고, 밤에는 어울려 술을 마셨다고 한다.

샤갈의 처음 부인 벨라는 자신의 고향 비테프스키와 함께 환상적인 모습으로 샤갈의 그림에 나타나는 데 비해 바바는 극히 현실적으로 나타난다. 샤갈과 같은 유대인 집안에 고향조차 같은 벨라는 대부분의 작품에서 거의 샤갈 자신과 동일시되어 있다. 샤갈은 벨라를 볼 때마다 고향을 떠올렸고 그들의 환상 속에는 언제나 고향이 중심에 있었다. 샤갈에게 유대인 집안은 자신의 뿌리였고 유대인 풍속 속에서 보낸 러시아 비테프스키에서의 유년의 추억이 어린 그의 상상의 세계였다. 그런 추억을 공유한 벨라는 바로 고향이며 자신의 상상의 자극제였다.

클레지오는 샤갈이 쓴 벨라에 관한 글에서 '그녀의 침묵은 나의 것, 그녀의 눈은 나의 눈, 마치 그녀가 오랫동안 나를 알아봤고 나의 어린 시절과 나의 현재와 미래도 알고 있는 것 같다.'는 글을 읽고 감동을 받았었단다. 그 이후 자신도 그런 사랑을 만나고 싶었다고 한다. 또 다른 자신의 분신처럼 느껴지는 여자를 만나기가 쉽겠는가. 그런 의미에서 샤갈은 행복한 남자였다고 했다. 경은 클레지오의 얼굴을 보았다. 희미한 새벽의 여명 때문인지 클레지오는 우울하게 보였다. 클레지오의 사랑에 대해서 듣고 싶다. 그러나 묻지 못한다.

또 벨라는 젊은 상상력을 자극하는 시기에 만났고 바바는 50세가 넘은 시기에 만났다. 바바를 만난 그 당시 샤갈은 성서에 빠져 있었다. 성서의 감동 소재에 몰두, 그림을 그렸다. 그 그림들은 대부분 니스의 미술관에 소장되어 있다. 또 후기에는 스테인드 글라스 작업을 같이 했기 때문에 이태리, 독일 등 장기 출장을 많이 갔다. 그래서 생폴드방스에 있는 날보다 떠나 있는 날이 더 많았다고 한다. 독일 마인츠 성당에 스테인드 글라스 작업 요청이 왔을 때 유대인을 학살한 독일에 꼭 가야 하나 하고 많이 망설였는데 결국 하나님의 집 교회를 위한 일로 받아들였다고 클레지오의 어머니께서 부인 바바로부터 들었던 이야기를 해줬다고 한다.

클레지오! 많은 이야기를 알고 있네요. 역시 여기 온 보람이 있네요. 샤갈이 함께했던 이 공간에서 샤갈 이야기를 들은 것도 잊지 못할 것 같아요. 별까지 쏟아지는 밤에……. 경은 커피잔을 들며 클레지오도 커피를 함께 마시자는 신호를 보냈다. 참, 어제 이 의자에서 가물가물 의식이 멀어지는 것까지는 알았는데, 어떻게 침대로 갔는지 기억이 안 나요. 클레지오가 커피를 한 모금 마시고 경을 바라보며 말했다. 기타 연주를 다 끝내고 경한테 왔더니 색색 하며 조용히 잠이 들었더라고요. 그래서 부축해서 침대로 데려가려고 팔을 끼었더니 벌떡 일어나며 스스로 갈 수 있다면서 씩씩하게 계단으로 내려가던데……. 기억 안 나요? 전혀요. 신기하네요. 이번 여행하면서 몇 번 그런 일이 있었어요. 기억은 안 나는데 내 의식이 원하는 것을 몸이 이미 해놓았더라고요.

어젯밤처럼! 클레지오가 경을 빤히 쳐다본다. 왜 제가 이상하게 생각돼요? 그것은 의식과 신체를 자세히 알아야만 할 수 있는 이야기인데, 네? 그럴 수 있죠! 의식이 기억 못 하는 것을 몸이 기억하는 경우 많지 않아요? 경의 어깨를 의지하고 있던 클레지오의 고개가 떨어진다. 경은 클레지오를 일으키어 아래층으로 내려보낸다.

다시 잠이 들었다가 깨보니 7시 조금 지난 시각이었다. 샤워를 하고 모든 짐을 다 정리하고 아래층으로 내려갔다. 클레지오가 거실 책상에 앉아 서류를 정리하고 있었다. 경은 부엌에서 컵에 물 한 잔을 따라서 다시 2층으로 올라왔다. 부엌에서 아침을 대략 준비하고 싶었으나 회의 준비하는 클레지오에게 방해가 될까 봐 기다려야겠다고 생각했다. 다시 침대에 누울까 하다 테라스로 나갔다. 테라스에 나가기 위해 문을 열었다. 그리고 일출을 보기 위해 기둥에 있는 단추를 눌렀다. 거울을 내리자마자 태양빛이 눈을 뜰 수 없을 정도로 강렬하다. 밖이 전혀 보이지 않는다. 거울에 반사된 태양 때문에 마치 불난 집처럼 화염에 싸여 있다. 지중해에서 뜨는 일출과 일몰을 이 테라스에서. 별까지 즐길 수 있는 세계에서 가장 아름답다는 마을 생폴드방스. 그 마을의 아름다움을 위해 혼신의 힘을 다하는 클레지오. 부럽다. 여기야말로 햇빛으로 샤워를 하고 달빛으로 목욕을 해도 누구 한 명 침범할 수 없는 곳이다.

그러자 그동안 생각하지 말자고 마음속 깊은 곳에 구겨 넣은 그의 잠적이 떠오르며 가슴에 아픔이 밀려온다. 행복하고 즐겁게 일하면서 자신을 재창출하고 있는 클레지오와 일로 고스란히 자신을 소모하고 있는 그가 비교되었다. 가끔 휴가를 얻어 경이 짠 여행 스케줄에 억지로 일정을 맞추어 함께 할 때도 있지만 시간 내기가 쉽지 않다. 클레지오는 자신의 조그마한 행복을 찾아 일로 소모된 에너지를 충전받고 있다. 그러나 클레지오와 달리 그는 모든 에너지를 일로 소모한다. 그러기에 그는 '피곤하다'는 말을 달고 산다. 그래도 그가 일에 대한 소망을 가지고 있는 것만은 다행이다. 자신이 완벽하게 하지 않으면 고객들 중 누군가는 전 재산을 잃을 위험도 있기 때문에 최선을 다한다는. 일의 성격이 클레지오와 다를 뿐이다. 또 클레지오처럼 살 수 있는 여건을 갖추기가 쉽지 않다.

그를 가정으로부터 해방시켜주는 것도 어쩌면 하나의 방법일지 모른다. 그는 자신의 직업으로 해야 하는 애널리스트로서의 경제 동향 분석이나 가정을 지켜야 한다는 것도 마치 숙제처럼 하고 있다. 그러기에 피곤할 수밖에 없다. 이번 그의 잠적이 그런 것에 대한 답을 찾는 기회가 되었으면. 오히려 그는 경을 철저히 시부모로부터 분리, 경이 글 쓰는 데 방해되지 않도록, 에너지를 소모하지 않도록 보호해주고 있다. 그러나 정작 자신은 일 속에서 빠져나오지 못한다.

아래층에서 클레지오가 부르는 소리가 들리는 것 같다. 경은 얼른 일어나 방을 거쳐 아래층으로 내려갔다. 아, 클레지오가 벌써 아침 준비를 다 했다. 경은 미안하다. 굿모닝! 클레지오. 굿모닝, 경 하면서 클레지오가 다가와 가벼운 포옹을 한다. 그리고 경이 앉을 의자를 빼준다. 야채 샐러드, 빵, 햄, 치즈, 삶은 달걀, 올리브, 커피까지 완벽하게 준비되어 있다. 남자로부터 이렇게 저녁, 아침까지 서비스받기는 처음이다. 서비스하는 데 익숙한 경은 서비스받는 게 불편하다. 그러나 인간 대접을 받는 것 같아 기분은 좋다.

경은 빵에 치즈를 바르면서 자크 프레베르 집을 가르쳐 달라고 했다. 클레지오는 아주 가깝다고 했다. 자신의 집에서 똑바로 올라가면 같은 라인에 담쟁이가 제일 많은 집이 자크 프레베르가 살았던 집이라고 한다. 지금은 물론 다른 사람이 산다고 했다. 경에게 자크 프레베르가 파리에서 자살을 시도한 것 아니냐고 물었다. 안다고 했다. 왜 그랬을까요. 경이 물었다. 클레지오는 어깨를 으쓱했다. 경은 클레지오가 안다는 소리인지 모른다는 소리인지 몰라 커피를 마시며 클레지오 얼굴을 쳐다봤다. 이것은 자신의 추측일 뿐이라며 클레지오가 말했다.

파리라는 도시 자체가 인간의 에너지를 완전 소모시키는 곳 아니냐. 그 많은 사람들 사이에 있으면서 심리적 충족감이 채워지지 않기 때문에 사람들은 더 바쁘게 살죠. 그러면 그럴수록 더 심리적으로 허해지죠. 자크 프레베르의 시를 보면 단순하면서 그 속에 진리가 드러나잖아요. 그런 사람이 파리를 견디기는 쉽지 않았을 것이라고 했다. 여기로 이사 온 후 자크 프레베르는 심리적 안정을 찾았다고 했다.

오늘 자크 프레베르 집과 이 마을을 둘러볼 것이다. 그리고 시간을 충분히 가지고 마지막으로 샤갈 무덤으로 가려고 한다. 벨라를 잃은 이후 그 외로움에 대해 대화를 하고 싶다. 그리고 니스 시내로 들어가 메세나 광장 등 시내를 좀 보고 오후에 엑상프로방스로 돌아가려고요. 경은 오늘 일정을 클레지오에게 말했다. 점심도 좋은 레스토랑에서. 노, 클레지오! 말허리를 경이 잘랐다. 노, 클레지오! 이것으로 충분히 고맙다. 지금부터 신경 쓰지 말라고 했다.

클레지오는 경에게 내년 겨울에 정말 아이슬란드에 오로라 보러 갈 것이냐고 물었다. 경은 이제 한국에 돌아가서 열심히 살고 겨울에 아이슬란드에 갈 것이다. 클레지오는 여기 와서 며칠간 지내다가 같이 출발하자고 했다. 경은 노, 아이슬란드에서 만나자고 했다. 클레지오를 다시 만나게 되어 너무 기뻤다고 경이 말했다. 아이슬란드에서는 더 멋진 기타 연주를 들려주겠다고 했다.

경이 클레지오가 하던 대로 어깨를 으쓱하며 자신은 지금까지 그렇게 환상적인 기타 연주를 들은 적이 없다, 지금도 충분하다고 경이 말했다. 그리고 클레지오는 너의 소설을 보고 싶다고 했다. 자신도 그러고 싶다. 좀 더 유명해져서 언젠가 영어로 번역이 되면. 더 열심히 쓸 것이라고 말했다. 이제 클레지오 때문에 소망이 생겨 그것을 소설로 쓰고 싶다고 했다.

먼저 가깝다는 자크 프레베르 집으로 갔다. 정말 붉은 벽돌의 아담한 건물에 온통 담쟁이가 뒤덮인 집이 나타났다. 창문이 있는 쪽만 담쟁이가 침입을 못 한 것 같다. 창문으로 마을을 내려다보고 있는 자크 프레베르를 상상해본다. 어렵지 않고 쉬운 문장으로도 인간의 심리를 꿰뚫어보고 있는 시를 볼 때마다 아무것에 집착하지 않으려는 자크 프레베르를 생각했다. 그럼에도 자살 기도까지. 살아간다는 것은 역시 누구에게나 쉽지 않은 것이다. 이 집도 클레지오네 집 규모만 한 집이다. 동네가 다 그만그만한 아담한 집으로 지어졌다.

아직 관광객들이 도착하지 않았는지 마을이 조용하다. 붉은색 철제 아치형의 대문 앞에 하얀 칠을 한 조그만 테이블과 의자 두 개가 놓여 있다. 의자를 꺼내어 앉아본다. 그리고 자신이 올라온 골목을 내려다본다. 마을이 인간적이다라는 생각이 든 적은 처음이다. 그것은 인간을 위협하는 특별히 큰 건물이 없기 때문인 것 같다. 자크 프레베르는 이 마을 자체가 시적이기에 이곳에서 시를 쓰지 않아도 행복했을 것 같다. 혼자 있어도 외롭지 않은 마을. 집 하나하나가 말을 걸고 있다.

관광객을 맞이하기 위해 열심히 준비하고 있는 대부분의 갤러리와 아틀리에는 아직 문을 열지 않았다. 쇼윈도를 통해 바라본 갤러리마다 특색이 있다. 대부분 실제 현대 작가들이 작업을 하고 있는 개성 있는 작품들이 전시되어 있다. 갤러리에서 하루 종일 보아도 질리지 않을 것 같다. 비슷비슷한 갤러리와 아틀리에로 채워진 사이사이의 골목은 마치 미로 같다. 마을 중간 중간에 설치미술과 같은 예쁜 우물과 자코메티의 거인 같은 작품들이 마을의 운치를 더한다. 비슷비슷한 골목을 몇 바퀴 돌아 생폴드방스를 떠나기 전에 마을의 안쪽 끝에 있는 샤갈의 묘지로 갔다.

샤갈의 묘지는 마을 공원 끝에 있었다. 묘지의 돌 위에 샤갈이 자주 그렸던 염소나 닭이 그려져 있었다. 사람들이 놓고 간 돌들이 소복이 쌓여 있다. 경은 묘지를 내려다보며 샤갈을 생각했다. 샤갈이 자신처럼 사랑했던 벨라가 미국에서 바이러스에 의한 감염으로 갑자기 죽었다. 그 충격으로 1년 이상 작업을 못 하고 혼자 된 외로움 속에서 벨라만을 추모했다. 외로움의 강을 건너 둘째 부인 바바를 만났을 때는 10년이 지난 후였다. 여기에 바바와 함께 묻혀 있다. 샤갈은 죽어서 벨라를 찾을 것 같은데, 벨라는 여기 없다.

4

이상한 동거

이상한 동거

비행기에서 내려 리무진을 타기 위해 공항 밖으로 나왔을 때 아침 싱그러운 공기가 경의 몸을 감싸 안았다. 기분 좋게 불어오는 바람에 나뭇잎이 경을 향해 손짓하듯 나부꼈다. 배 아래로부터 알 수 없는 기운이 올라왔다. 배가 고픈데도 이 충만한 기운은 어디서 오는가. 우주 전체가 경의 존재를 축복해주듯 경에게 말을 걸어오는 것 같다. 남프랑스로 떠나기 전의 무기력증에 빠졌던 경은 이제부터 무엇이든 할 수 있을 것 같았다. 그러나 비행기가 공항에 도착하자마자 그에게 보냈던 문자에 답변이 없다.

이제 그의 기분과 상관없이 자신의 길을 갈 것이다. 그러나 남프랑스에서는 무시되었던 그의 존재가 경의 머릿속을 채우고 떠나지 않았다. 그는 왜 떠났을까. 그의 주위에 무슨 일이 생긴 것인가. 그를 처음 만났을 때가 기억난다. IMF 때였다. 그동안 아무 문제 없이 잘나가던 한국에 왜 갑자기 IMF 같은 후진국에서나 일어나는 일이 일어나는지 경은 이해가 되지 않았다. 그런 사태에 대한 설명을 누군가에게 들어야 할 것 같았다.

그는 그 당시 IMF라는 긴급 사태를 수습하느라 많이 지쳐 있었고 경을 왜 만나는 줄도 모르고 왔다. 누가 식사 같이 하자고 해서 왔을 뿐이라고 했다. 경은 이 시기에 금융계 사람을 만나는 자체가 무리라는 것을 그를 만난 후 알았다. 그 당시 많은 사람들이 개인적인 자산을 어떻게 옮겨야 할지 불안의 끝에서 금융계 사람들을 만나려고 했다. 그는 경도 그 사람 중에 한 사람이라고 생각하고 나왔다고 한다. 경은 개인적인 재산 때문이 아니라 금융 현상에 대한 궁금증이었다.

경이 약속 장소인 여의도역 근처로 갈 때 그날따라 비를 머금은 바람은 마치 길거리 사람들을 쓸어버리듯 요란스럽게 불어대었다. 길거리를 나서면서 이미 약속 자체를 후회했다. 경은 그 스산한 바람을 견디기 위해 노란색 바바리 위에 걸친 갈색 머플러를 꼭꼭 여미며 식당으로 들어갔다. 금융계에 근무하고 있는 선배가 소개한 식당으로 갔을 때, 이미 선배와 그는 도착해 있었다. 갑작스럽게 불어닥친 이 IMF 때문에 많은 주위 가까운 사람들이 나락으로 떨어지는 것을 보았다. 가족까지 해체할 정도로 심각한 상황이었다. 해체가 아니라 가족이 모두 한꺼번에 자살을 하는 충격적인 일들이 매일 일어났다. 지금까지 경은 혼자이기 때문에 어떻게든 살아가겠지 하는 심리가 밑바탕에 깔려 있었다. 당장 경에게는 아니더라도 경에게까지 어둠의 그림자가 다가오고 있는 옥죄는 심정으로 하루하루를 버텼다. 경도 그 불안스런 심리를 한번 금융 전문가에게 위로받고 싶었는지 모른다.

경이 자리에 앉을 때에도 그는 열심히 뭔가 서류를 보고 있었다.

대학 동아리 모임에서 이런저런 이야기를 했다. 모두들 이번 IMF 사태에 대해 충격을 넘어 겁을 먹은 표정이다. 누구는 멍하니 길을 가다 돌팔매를 당한 기분이라고 했다. 경은 왜 이런 현상이 갑자기 생기느냐고 궁금해했다. 그중 금융계에 있는 선배가 경보고 밥을 한번 사면 설명해주겠다고 해서 장난처럼 약속을 잡은 것이다. 자신보다 더 잘 설명할 수 있는 후배를 한 명 데리고 나가겠다고 전화가 온 것은 바로 그 약속 전날이었다.

식당으로 들어갔을 때 길거리와 다름없는 스산한 분위기에 경은 가슴까지 서늘했다. 얼마 전까지 식당마다 꽉꽉 차던 그 많은 사람들은 어디 갔는지 텅텅 비어 있었다. 한두 그룹만이 식사를 하고 있었다. 그는 아예 새로 온 사람에 대한 눈인사도 없었다. 마치 사무실처럼 서류에 코를 박고 있었다. 경은 또다시 약속을 후회했었다. 저런 사람에게서 친절한 설명을 기대하기 어렵다는 생각을 했다. 그래, 선배와 한번 저녁 먹은 셈 치자. 경은 마음을 다 잡았다.

선배, 뭐 시켜야죠? 그때 선배는 그를 툭 치며 야, 밥 시켜야지! 그때서야 서류에서 얼굴을 들고 맞은편에 앉은 경을 쳐다봤다. 그리고 경에게 고개를 까딱하며 인사를 했다. 여기 아구찜 먹으러 온 거 아니에요? 하며 선배를 쳐다봤다. 그럼 아구찜과 소주 하며 주문을 한다. 그러면서 선배가 맥주 시킬까? 하고 경을 쳐다봤다. 저도 소주 할게요. 그리고는 그는 서류로 다시 돌아갔다. 선배가 부실한 은행을 정리하고 새로 합병하는 과정에 많은 은행 직원이 직장을 떠나야 해. 금융계는 지금 네가 생각하는 것 이상으로 심각하다고 그의 행동을 변명하듯 말했다. 그때 경은 자신을 무시하듯 저녁 식사 시간조차 서류를 보고 있는 그를 보면서 그렇게 일에 매진할 수 있는 그가 또 한없이 부러웠다. 밑반찬이 깔리고 아구찜이 나오자 그때서야 그는 서류를 챙겨 가방 속에 넣었다. 다시 한번 경을 보고 고개를 까딱했다.

두 사람 데이트하는데 제가 끼인 거죠? 그는 처음으로 말이라는 것을 했다. 야, 그 반대다. 너를 소개해주려고 후배를 데리고 나온 거야. 예? 너 혼자 있으니 밤과 낮을 가리지 않고 일만 해서 머리 좀 식히라고. 경도 이건 뭔 뚱딴지 같은 소리냐는 생각에 선배를 쩨려보았다. 야, 너도 이제 슬슬 결혼해야지. 예? 저 선배님한테 독신주의자라고 말했는데. 너 그것 남자 따돌리려고 그런 것 다 알거든. 예? 경은 다시 선배를 보았다. 모든 남자들이 대시만 하면 독신주의자라고 말한다는 것, 우리 동아리 선후배는 다 알고 있어. 경은 머리를 한 대 얻어맞은 느낌이었다. 자신이 그동안 한 말들이 그들에게 한갓 수사에 지나지 않게 들렸다는 것이 충격이었다.

소주까지 나오자 세 명은 잔을 들었다. 선배가 잔을 들며 지금 금융계에서 유행하는 건배사를 알려주었다. '즐기자' 하면 '이 현실을' 하라는 것이다. 경은 괜찮은 건배사라고 생각했다. 소주가 들어가자 차츰 그가 말이 많아졌다. 선배 역시 지금 일어나고 있는 금융계의 에피소드를 이야기했다. 경은 두 사람의 이야기를 들으면서 이 현실이 어려운 정도가 아니라 비참하게 생각되었다. 그동안 너무나 빠른 경제 성장에 의해 어느 분야 할 것 없이 방만한 경영이 이루어졌다. 이 혹독한 시련이 아니면 구조 조정하기 어려울 것이다. 오히려 잘된 건지도 모른다. 경은 그들 사이에 오가는 이야기를 들으며 조금 위로가 되었다. 그동안 혼란스럽던 생각들이 조금 정리가 되었다. 그렇다고 불안한 심리는 없어지지 않았다. 지금 은행에서 자네를 새로 평가하고 있어. 그동안 자네가 너무 까다롭다고 생각한 사람들이 처음부터 자네 말을 들었어야 한다고. 네가 계속 주장한 것처럼 기업에 은행 대출을 해줄 때는 그 기업 경영의 건실성을 따져야 하는데도 안면으로 넘어가는 게 다반사잖아.

지금 와서 생각하면 아찔한 게 한두 가지가 아니야. 세 사람이 소주 세 병을 마셨다. 경이 알기에 술이 꽤 세다고 생각한 선배까지 그동안 얼마나 일에 골았는지, 금방 횡설수설했다. 경이 견디기 힘든 것은 그가 옆에 있음에도 선배가 경을 좋아했던 시절의 이야기를 반복하는 것이다. 선배의 술주정에는 언제나 그 이야기가 따라 나온다는 것을 알면서도 왜 또 선배와 엮였는지 자신이 참 한심하다는 생각을 했다. 택시를 태워 선배를 보내고 두 사람만 남자 다시 경은 당황스러웠다.

경도 택시를 타려고 큰길 가에 그대로 서 있었다. 그가 경의 팔을 잡았다. 오늘 이왕 버린 몸 우리 술 한 잔 더하고 갑시다. 그가 경을 끌고 간 곳은 클래식 음악이 나오는 양주집이었다. 거기에는 어두워 잘 분별되지 않는 두 명의 남녀만이 구석에 자리를 차지하고 있었다. 검은 벽지의 무거운 분위기에 따뜻한 노란 조명만이 카운트에 비칠 뿐 좌석에는 옅은 에메랄드빛이 교교하게 흐르고 있었다. 경은 그 집에 매료되었다. 마침 모차르트의 〈클라리넷 협주곡〉 2악장이 흐르고 있었다. 클라리넷의 연주가 심금을 울리듯 호소하고 있었다.

경은 칵테일 섹스 온 더 비치를 시키고 그는 얼음 탄 양주를 시켰다. 잔을 부딪치는 것 외에는 서로 아무 말을 하지 않았다. 경도 약간 정신이 몽롱한 상태였다. 연주의 흐름을 따라 몸이 흔들리는 대로 두었다. 그날은 모차르트만 듣는 날이라 몇 곡의 모차르트 곡을 더 듣고 12시 가까이 둘은 나왔다. 집 방향이 반대라 각각 택시를 타고 헤어졌다. 그도 경도 서로 그때까지도 아무 말을 안 했다. 경은 그것으로 끝이라 생각했다.

근데 쓸쓸할 때는 클래식 카페가 가끔 생각나고 그도 생각났다. 여자를 앉혀놓고 그렇게 말을 않는 남자는 처음이었다. 경은 가끔 머리를 정리하고 싶으면 그 집에 가서 양주 한 잔을 시켜 몇 시간씩 음악을 듣고 돌아오곤 했다. 그 이후 경의 머리를 채우는 것은 그의 그토록 강한 일에 대한 열정과 클래식 카페에서 보여준 그의 쓸쓸함이었다. 그가 경에게 폭풍처럼 나타난 것은 그런 이후 6개월이나 지나서였다. 이유는 그동안 자신이 만났던 여자 중에 자신과 가장 많이 닮은 여자였다는 것이다. 지독한 그의 나르시시즘적인 면모에 웃음이 나왔지만, 자신을 사랑한다는 것은 타인에 대한 긍정이니 나쁠 것은 없었다.

그때는 금융계가 IMF의 충격에서 벗어나 서서히 중심을 잡아가는 중이었다. 자신은 은행보다 증권 쪽이 적성에 맞을 것 같아 애널리스트 공부를 하고 있다고 했다. 증권사에서 스카우트 제의도 들어오고. 그래서 은행을 당분간 그만두었다고 했다. 모두 감원될까 봐 절절매는 그 당시에 그는 역시 멋진 사람이라는 생각이 들었다. 그러나 경은 잘했다 어쨌다고 말할 처지가 안 되어 가만히 그의 이야기만 들었다. 경이 말을 않고 있자, 자신도 말이 없지만 경보고 어떻게 그렇게 말을 안 하느냐고 물었다. 경은 그게 자신이 무슨 말을 할 수 있는 사안이 아니지 않냐고 했다.

그는 1년 이상 불쑥불쑥 나타났다. 그와 함께 있으면 경은 편안했다. 언제든 둘이서 각자 일을 하며 시간을 보냈다. 그리고 가끔 클래식 카페에 갔다. 이런 사람이면 같이 있어도 불편하지 않겠다는 생각이 들기 시작했다. 결혼해 부인과 딸이 있었는데 부인이 딸을 데리고 미국으로 갔단다. 처음에는 딸의 영어 공부 때문으로 나중에는 자신이 로스쿨 간다고 6년 이상 한 번도 귀국을 하지 않고 있다고 했다. 그래서 지금은 이혼 상태라고 했다.

경은 서로가 개인적인 일에 대해 모르고 지내는 것이 좋았다. 결혼 않고 데이트만 하고 지내도 경은 좋았다. 서로의 생활 속으로 깊숙이 빠져들고 싶지 않았다. 일방적으로 그쪽에서 연락 오면 경이 나가곤 했다. 어떤 때는 한 달에 한 번, 아니면 두 번 정도였다. 경은 그 정도가 좋았다. 가끔은 그의 집에서 자기도 하였다. 그의 집에서 잘 때에는 그가 일찍 출근하고 그와 함께 누웠던 침대에서 늦게까지 뒹굴다 보면 마치 거기가 자신의 집처럼 느껴졌다. 그가 집을 옮기고 가구를 바꾸자고 했지만 경이 반대했다. 그 딸이 방학 때마다 온다. 그럴 때 딸이 당혹해 할 것 같았다.

자신은 아직까지 이 집에 들어올 생각이 없다고 함께할 날을 미루었다. 경은 혼자서 누리는 자유도 소중했다.

차츰 그의 집에서 자는 날이 잦아지면서 경은 조금씩 그에게 의지하고 싶은 마음이 생기기 시작했다. 언제나 자유롭고자 한 자신이 거짓처럼 그의 전화를 기다리고 그의 부재가 불안해지기 시작했다. 둘이 집을 합치면서도 아직 혼인 신고도 하지 않았다. 최소한의 자유의 보루를 잡고 있어야겠다고 생각했다. 언제나 그의 곁을 떠날 수 있는 마음의 준비를 하고 있었다. 이번 그의 잠적은 경이 떠날 수 있는 핑계를 제공해주었다. 경은 이제야 떠날 때가 되었다고 생각했다.

남프랑스에서 집으로 돌아왔을 때 놀랄 정도로 집이 깨끗하게 정리되어 있었고 청소까지 되어 있었다. 경이 한국에 도착해 핸드폰을 확인해도 그로부터 아무 문자가 와 있지 않았다. 경은 그의 가출이 계속되고 있음에 우울한 기분으로 리무진에 올랐었다. 그런데 청소까지. 비행기 안에서 그동안 쌓인 피곤 때문인지 열 시간 이상 잠에 취해 있었다. 끼니때를 놓쳐 아무것도 먹지 못했다. 비행기를 타면 비빔밥을 먹어야지 하고 기대했는데, 겨우 정신을 차렸을 때 이제 곧 인천에 도착 예정이라는 아나운 스먼트가 흘러나왔다. 의자 주위를 정리할 때 배가 너무 고프다는 생각을 했다.

비행기에 내려서도 짐을 끌고 식당으로 가고 싶지 않았다. 집에도 10일 이상 비운다고 냉장고까지 다 정리하고 가 아무것도 없을 것이다. 리무진에 올라 배낭을 뒤져 남은 초콜릿 한 조각을 찾아 입에 넣었다. 리무진을 타고 흘러가는 풍경을 바라보았다. 그토록 남프랑스에서의 여행에서 희망차게 돌아온 경이 그의 확인되지 않은 행방으로 금세 무너지다니, 경은 스스로 뭘 원하는가를 물었다. 그토록 그와 상관없이 자신의 미래를 생각하고 또 생각했건만 이렇게 무너지다니. 생폴드방스의 찬란했던 시간들을 기억하며 열심히 살자고 몇 번이나 다짐했는가. 오직 자신이 믿는 자신의 힘으로 삶을 기획하겠다고.

우선 경은 여행 짐을 거실 한쪽에 밀어두었다. 냉장고를 열었다. 헉! 냉장고에 과일과 빵 그리고 반찬 그릇에 이런저런 나물무침과 생선조림까지 있었다. 경은 허겁지

겁 밑반찬을 꺼내었다. 갈치조림과 두부조림까지 자신이 좋아하는 반찬이 잔뜩이었다. 경은 아직도 남프랑스의 매직에서 풀려나지 않은 기분이었다. 남프랑스의 기분이 되살아났다. 누군가가 자신을 생각해준다는 것이 이렇게 행복한 일이구나. 갑자기 그가 보고 싶어졌다. 다시 그가 전화를 받지 않을까 봐 망설여졌다. 기다리자. 그리고 그가 돌아오지 않는다고 해도 이것으로 만족하자. 경은 생폴드방스에서 아름다웠던 기억을 되살려 이 자리에서 버텨내야지 하고 다시 결심했다.

속으로 아자 아자를 외치며 허겁지겁 햇반을 데워서 식탁에 앉았다. 갈치조림의 갈치살을 한 점 젓가락으로 떼어서 입에 넣었더니 온몸에 세포가 일어나 끌어당겼다. 풋고추를 썰어 넣은 매운맛이 입속에 화하게 퍼졌다. 또 오이무침의 싱그러운 맛이 기분을 상쾌하게 업그레이드 시켰다. 거기다 김치를 넣은 돼지갈비 전골은 결국 경을 어떻게 이 맛을 두고 10일 이상 다른 세상에 가있을 수가 있었는지 자책까지 하게 했다.

그가 한 요리는 아니겠지만 누구의 손길이든 그의 마음 씀씀이에 굴복하지 않을 수 없다. 아무 일이 없었던 것처럼 그를 볼 수 있을 것 같다. 그러자 문자 오는 소리가 들렸다. 그였다. 오늘 저녁 먹으러 들어가겠다는 문자였다. 그가 가출하기 이전의 일상의 모습이다. 경은 순간 혼란스럽다. 그가 가출을 했었나.

그가 돌아온 것은 7시가 조금 지난 시각이었다. 보통 때는 번호를 누르고 현관을 들어서는데 그날따라 현관 벨이 울렸다. 그동안 여행 짐을 정리하고 밥을 밥솥에 앉혔다. 마침 솥에 김이 빠지려는지 씩씩거리며 요란한 소리를 내고 있었다. 현관으로 뛰어나갔을 때 그와 경보다 조금 어린 듯한 여자가 그 뒤에 서 있었다. 경은 깜짝 놀라 현관문을 닫아버렸다.

순간 자신의 집에 올 사람이 아니라는 착각이 들 정도로 이질적인 분위기 때문에 현관문을 잡고 있는 손을 놓쳐버렸다. 경이 다시 현관문을 열었을 때는 같이 온 여인이 들어가지 않겠다는지 그가 그 여자의 손을 붙들고 그 여자는 엘리베이터 문 앞에 서 있었다. 그가 그 여인을 끌고 현관으로 들어왔다. 경은 영문은 모르지만 두 사람을 따라 안으로 들어왔다. 그가 거실 소파 쪽에 그 여인을 앉히고 경보고 물을 좀 가져오라고 한다. 경은 물 두 컵을 가지고 와 그들 앞에 놓았다. 그는 목이 말랐는지 물을 한 잔 다 들이켰다. 여인은 입고 있는 파스텔톤의 실크 원피스가 구겨져 추레해 보였다. 아무 걱정 없이 사랑이나 받을 귀여운 상의 여인이었다.

그동안 보았던 피곤에 전 모습이 아니고 그는 강인한 결기를 가진 남자처럼 보였다. 그동안 그에게 무슨 일이 있었는가. 그는 경의 얼굴을 한번 훑어보았다. 경은 자신이 떠날 시간이 다가왔다고 생각했다. 자신이 남겨놓은 마지막 보루, 자신의 책과 옷만 옮기면 그와 헤어지는 것이다. 그동안 세를 주고 있던 경 소유의 오피스텔만 비우라고 연락하면 되는 것이다. 담담해야지, 더 이상 그에게 미련을 가지지 말아야지. 마음을 다잡았다. 그리고 두 사람을 남겨두고 자신의 서재로 들어갔다. 그러나 가슴이 진정되지 않았다. 지금까지 이런 일은 없었다. 합리적인 의식만큼 주위를 깔끔하게 정리하는 편이었다. 경은 서재에서 안방으로 가 옷장에서 코트를 꺼내 입었다. 그때 그가 들어왔다.

당신이 오해 말고 잘 들어야 해. 이분은 우리 회사에서 가까운 은행 지점장이었어. 그런데 2년 전에 내가 추천한 중국 전자제품 회사 펀드에 투자해서 크게 재미를 보았나 봐, 그러자 한번 재미를 보니 계속 또다시 투자하고 싶은 생각이 나서 처음에는 대출을 해서 다시 이익이 나니까 아예 자신의 명의로 된 조그마한 집을 팔아서 그 전부를 몰빵으로 이 회사 펀드에 투자했나 봐. 나한테 전화로 상담할 때 아직 불안하니 관망해본 다음 투자할 시기를 말해줄 테니 조금 기다리라고 했는데, 집은 팔았고 현금을 가지고 있는데 증시가 상승세로 돌자 이때다 하고 나한테 다시 묻지도 않고 투자를 했나 봐. 근데 이번 중국 증시가 몰락하면서 그대로 다 날렸지. 이 댁 남편이 얼마 전에 다른 집 재산세 고지서는 나왔는데 그 집 재산세 고지서가 안 나와 인터넷으로 출력하려고 찾았더니 집이 사라져 깜짝 놀라 아내를 다그쳤나 봐. 그러자 이 지점장은 당황해 내 이름을 대면서 그쪽에서 안전하다고 집을 팔아서 넣었다고 했대. 그래서 그 남편이 자초지종을 묻지도 않은 채 사기죄로 나를 고소해놓은 상태고, 이 부인은 자살하려고 약까지 먹어 병원에 입원해 있었어. 정신적인 충격이 커 회복되는 데 10일 이상 걸렸어. 그 이후 충격으로 심한 우울증을 앓고 있다고 했다. 그도 그 지점장 남편에게 고소된 상태라 회사에도 사표를 썼고. 지금까지 병원에 입원해 있다가 오늘 퇴원, 갈 데가 없어 우리 집으로 데리고 오지 않을 수 없었다고 한다.

그의 잠적은 결국 그 황당한 일 때문이었구나. 경은 기가 막혔다. 경 스스로가 그에게 지쳐 있었기 때문에 그도 그럴 것이라고 생각했다. 그의 이야기를 들어도 머리가 정리되지 않았다. 경은 자신은 아직 아무것도 이해가 안 되니 당분간 자신이 나가 있겠다고 했다. 그러자 그가 경의 앞으로 와 무릎을 꿇었다. 경이 당황하는 것 이해한다.

경이 있기 때문에 지점장을 여기 데려왔지, 경이 없으면 더 큰 오해를 불러올 수 있다. 그러니 경이 자신을 신뢰한다면 이 상황을 오해하지 말고 그대로 받아주었으면 좋겠다고 했다. 경은 이 상황 자체를 받아들이기 힘들다고 말했다. 그러면 지점장이 머무를 다른 장소를 물색할 때까지만이라도 같이 있어달라고 했다.

경은 어떻게 생각해야 옳을지 혼란스러웠다. 그렇다고 그 지점장의 일에 대해 무어라고 말을 할 수가 없었다. 그녀의 남편은 이미 이혼 신청도 해놓은 상태라고 했다. 그 남편은 부인이 그와 바람이 나서 그를 위해 집까지 팔아 투자를 한 것이라고 오해하고 있다는 것이다. 어떤 말을 해도 자신의 말만 할 뿐 남의 말을 들으려고 하지 않는다고 했다. 그런 상태에서 여기 있으면? 경은 입술까지 말을 뱉으려고 움직였지만 말을 할 수 없었다.

어떤 말을 해도 지점장에 대한 질투로 비칠까 봐 말을 할 수가 없다. 그 지점장이 갈 곳이 없다고 했다. 거기다 우울증까지 앓고 있단다. 남편한테 모든 카드를 몰수당

해 지점장은 전혀 운신을 할 수도 없다는 것이다. 지점장은 주위 사람들에게 자신의 이 문제가 알려질까 봐 병적으로 신경질적인 반응을 보인다는 것이다. 경은 현실적으로 모든 것을 차단당한 이 지점장이라는 여자가 한심했다. 모든 여자들이 남편에게 내침을 당하면 이 지점장처럼 되는 것인가. 여자들에게 남자를 지워버리면 제로 상태로 돌아가는가. 어떻게 몇십 년을 직장 생활까지 하면서 자신의 가정을 꾸려온 부인을 그렇게 내칠 수 있을까. 경은 남편을 두고 화장실로 갔다. 그리고 이빨을 닦고 샤워를 했다. 아무것도 생각할 수가 없다. 시차가 바뀔 때면 가끔 복용하는 수면유도제를 먹고 침대로 들어갔다. 그러나 잠은 쉽게 오지 않았다. 그는 계속 무릎을 꿇고 있었다. 경은 그에게 말을 뱉는 것조차 싫었다.

그는 그러니까 전혀 그 여자에게 잘못을 하지도 않았는데도 마른 날벼락을 맞은 것이다. 그러니까 법적 문제가 해결될 때까지 그가 그 지점장의 모든 것을 책임져야 한다는 것도 말이 안 된다. 증권가에서는 그런 일들은 흔히 있는 일이다. 스스로가 투자하고 잘못되면 모두 증권사 직원의 잘못으로 돌린다는 것이다. 그 남편은 재산상의 손실을 그에게 분풀이하고 있는 것이다. 그는 이 모든 것은 검찰에 의해 자신의 잘못이 없다는 것이 밝혀질 것이라며 극히 담담했다. 평생 자신의 아이들을 기르며 가족을 돌보아온 부인이 한순간의 실수로 이렇게 내침을 당하는 것을 보고 그도 충격을 많이 받은 것 같다. 그래서 그녀를 적극적으로 보호해주고 싶은 심리가 생겼다는 것이다. 같은 직장 사람들도 병원에서 깨어날 때까지 지켜준 것만으로도 할 일을 다 했으며 더 이상 오해받을 일을 하지 말라며 특히 집에 데려가는 것을 말렸다는 것이다. 그는 자신이 오해받을 일이 없기 때문에 자신이 지점장을 데리고 온 것이라고 했다. 그렇게까지 그가 말하는데 경이 무슨 말을 할 수 있겠는가. 남자가 남자에게서 버려진 여자를 지켜주겠다고 데리고 온 여자를 여자인 경이 내칠 수 있겠는가.

생각이 꼬리를 물고 일어난다. 경은 그의 얼굴을 쳐다

보았다. 그동안 마음고생을 하면서 제대로 먹지도 못했는지 몸 전체가 살이 빠져 후줄근해 보인다. 경은 침대에서 나와 아직도 침대 아래 무릎을 꿇고 있는 그를 일으켜 세워 안방 바깥으로 내쫓았다. 경은 어떤 말을 해야 한다고 생각했지만 속에서만 생각들이 방황하고 있었다. 경은 은행 지점장까지 했다는 사람이 그렇게 분별이 안 되나. 애널리스트가 보류하고 있으라고 하는데 왜 자신이 멋대로 그 큰돈을 펀드에. 선무당이 사람 잡는다고 어설프게 안다는 게 무서워. 돈을 만지니까 돈이 돈으로 안 보이나 보지. 저런 지점장이 또 얼마나 은행 고객에게 똑같은 펀드를 권했을까. 한심한 생각이 든다. 경은 자꾸 그 지점장 여자에 대한 비판적인 생각이 끼어들자 당황한다. 지점장 여자를 질투하고 있는 것인가. 언제나 그를 떠날 준비가 되어 있다는 말도 거짓인가. 그에게서 경제적으로 독립하기 위해서라도 글 쓰는 것 외에 무언가를 찾아야겠다고 생각했는데, 이 복잡한 상황이 정리된 다음에나 찾아야 할 것 같다.

그가 증권가에 있지만 자신이 여유로 굴릴 수 있는 돈이 아닌 부동산 등을 팔아 목돈을 펀드나 증권에 투자하는 것은 바보라고 경은 생각한다. 증권은 투자하는 그날로부터 당사자는 감옥살이를 하는 것이다. 실시간 시세가 달라지니 한순간도 편히 제대로 쉬지 못한다. 증권으로 돈을 모으는 데 재미를 붙인 친구가 있었다. 친구 모임에서도 순간순간 시세 파악에 제대로 밥도 편히 먹지 못했다. 전화기를 계속 잡고 있는 그 친구 때문에 그동안 나누지 못했던 정담을 나누는 것도 방해가 되어 서로 얼굴을 찡그리다 일찍 자리에서 일어서곤 했다. 생각은 이어지는데도 잠이 쏟아진다.

언제 잠이 들었는지 눈을 떴을 때는 그가 침대 아래 자리를 깔고 누워 있었다. 언제나 그랬다. 섭섭할 정도로, 그는 깔끔했다. 그는 경이 아직 그를 받아들일 준비가 안 되었다는 것을 안다. 경은 물을 먹으러 부엌으로 갔다. 손님방으로 사용하고 있는 건넌방에 불이 켜져 있다. 아마 지점장 여자를 거기에 자게 했나 보다. 경은 물을 한 컵

가지고 방으로 들어왔다. 눈이 말똥말똥 다시 잘 수가 없다. 경은 다시 그 지점장 문제에 골똘하기 시작했다. 친구 집이나 친척을 찾아가야지 왜 자신의 집으로 왔는지 이해가 안 간다.

지점장 남편의 오해를 불러일으킬 게 분명한데도. 그나 지점장이나 지점장 남편까지 이해가 안 간다. 뭔가 자신이 모르는 사실이 있다는 생각이 들었다. 그게 무얼까. 여자 지점장이 그에게 의지하는 것은 무엇 때문일까. 그에게 지점장은 큰 고객이었나. 일을 깔끔하게 처리하기로 유명한 그가 이번 일에서는 도저히 이해가 안 된다.

그럼 집을 나간 이후 줄곧 지점장 여자 문제로 연락을 끊었나. 경은 자신이 집을 나가주어야 하나, 어떻게 해야 하나 도저히 자신도 답을 내릴 수가 없다. 그 지점장이 놓인 입장은 딱하지만 문제를 더 키우고 있다. 생긴 것도 인형처럼 생긴 여자가 그렇게 큰일을 저질렀다니 믿기지가 않는다. 아무리 자신의 명의라지만 집을 팔아 펀드에 다 투자했다니. 시세가 언제 어떻게 될지 모르는 판에. 그 남편이 하필 폭락할 시점에 집을 판 사실을 알게 되었으니. 경은 반복적으로 똑같은 생각을 하고 있다.

이 모든 것은 경의 생각일 뿐 그 뒤에 진실된 어떤 사연이 있는지 모른다. 그에게도 누구에게도 아무 말을 할 수 없다. 경은 이 어정쩡한 상태가 너무 싫다. 좀 더 남프랑스에 머무를 것을 그랬나. 그렇게 일에 집착하던 그가 사표를 썼다는 것도 이해가 안 간다. 증권가에 이런 비슷한 일이 수도 없이 많이 일어나는데 왜 애널리스트가 책임을. 어쨌든 그가 힘들어하는 직장을 벗어났다는 것은 그나마 다행이다.

경은 그의 자고 있는 얼굴을 물끄러미 본다. 얼굴에 지친 기색이 역력하다. 그가 지점장을 여기로 데려오기로 한 나름대로의 명분이 있겠지. 경이 부스럭거리지도 않았는데 기척 때문인지 그가 일어났다. 경을 바라보며 잠이 안 와? 비굴한 얼굴이라고 해야 하나 민망한 얼굴이라 해야 하나 그동안 그에게서 한 번도 보지 못했던 얼굴이었다. 당신에게 잘못하고 있다는 것 알아. 중얼거리듯 한

마디 뱉고는 화장실로 향했다. 얼마 있다 부엌에서 부스럭거리는 소리가 났다. 경은 그가 무엇을 미안하다고 하는지 모르겠다. 자신의 가출이, 아니면 이 상황이? 그가 양주와 얼음물, 땅콩 안주를 가지고 왔다. 자신이 한 잔 따르고 경 앞에도 한 잔 따르고 얼음을 넣어준다. 경은 바로 술잔을 입으로 가져갔다. 그에게서 무슨 말인가를 들어야 할 것 같았다.

지점장이 자살 시도로 병원에 입원했을 때 병원 측에서 연락이 왔단다. 자신이 지점장의 보호자로 되어 있었다고 한다. 그 남편이 병원에 데려다 놓으며 그의 전화번호로 연락하라고 했단다. 얼떨결에 병원에 불려갔지만, 아직 의식불명으로 깨어나지 않은 지점장으로부터나 병원으로부터 무슨 영문인지 듣지 못한 채 그녀가 깨어날 때까지 기다려야 했다는 것이다. 직장을 통해서 그 남편의 전화번호로 연락을 했지만 전화를 받지 않더라는 것이다. 그래서 문자로 무슨 일이냐고 물어도 지점장에게 물어보라며 답변을 하지 않더라는 것이다. 속수무책으로 지점장이 깨어나기까지 2박 3일 동안 병원을 지켰다는 것이다. 지점장은 깨어나서도 첫날은 울기만 하고 아무 말을 않더라는 것이다. 그다음 날 진정이 된 다음 그녀의 이야기를 간추리면, 지점장이 독단으로 한 일을 모두 증권회사가 개입되지 않으면 있을 수 없는 일이라며 그를 지목하고 지점장과 그를 불륜 관계로 몰아갔다는 것이다.

집을 잃은 분노와 그 집을 살 때 받은 대출 몇억까지 고스란히 떠안은 그 남편은 제정신이 아니었다는 것이다. 평상시 얌전했던 그 남편의 광기에 질려 그 지점장은 공포 속에서 며칠 견디다 어쩔 수 없이 그의 이름을 말했고, 모든 것이 그와 연결되어, 그가 주원인 제공자가 된 것이다. 지점장은 남편의 추궁에 견디다 못해 자살로 자기 생을 마감하려고 평상시 먹던 수면제를 통째로 다 먹고 양주 한 병을 다 마셨다는 것이다. 지점장 남편은 그를 사기죄로 고발하고 부인과도 이혼 신청을 했다는 것이다.

경찰에서 핸드폰을 압수해 가는 통에 그동안 경에게도

연락할 수가 없었다는 것이다. 가출했다고 생각한 그날 이후 전혀 연락이 되지 않은 것이 핸드폰 압수 때문이었다. 경은 그동안의 그의 행적이 대략 짐작되었다. 모든 자료를 경찰에서 확보한 이후에 핸드폰을 돌려받았다는 것이다. 자료를 확보했으니 자신이 그 종목을 두 번 이상 추천하지 않았다는 것을 알았을 것이다. 그 종목의 펀드에 가입하는 날 지점장과 통화를 하지 않았고, 그 이후에도 지점장과 통화를 하지 않았다.

불륜이 아니라는 것도 경찰에서 이미 조사를 통해서 알고 있다고 했다. 불륜 관계인데 어떻게 서로 문자도 안 하고 카톡 대화도 없냐며 지점장 남편에게 말을 해도 믿지 않더라는 것이다. 주로 지점장과는 전화로 묻고 대답해 주었고 그것도 셀 수 있을 정도로 횟수가 몇 번 되지 않았다는 것이다. 그 남편은 오히려 모든 흔적을 남기지 않으려고 지우고 매일 만나면 그런 것은 필요 없지 않느냐고 했다는 것이다. 경찰은 그 남편을 오히려 또라이라고 했단다. 그 남편은 서울 유명한 대학 교수라고 한다.

경은 술이 빠르게 온몸을 휘돌아 몽롱한 상태에서 그답지 않게 그렇게 열심히 설명하는 그를 보며 그가 경에게 지금 무엇을 원하는가가 궁금했다. 자기도 모르는 사이에 제가 이제 대신 집을 나갈게요라는 말이 튀어나왔다. 경은 스스로 이 말을 뱉어놓고 자신에게 놀랐다. 이것은 분명 깊은 마음속에 맺힌 그의 잠적에 대한 분노로부터 튀어나온 말이다. 잠시 집에 들렀다 갈 때 메모라도 남길 수 있었다. 경의 말에 술을 따르다 그가 컵까지 놓쳤다. 그래서 컵이 떨어지며 술이 이불 위에 흩어졌다. 지금 실컷 경에게 지점장과는 그런 사이가 아니라는 것을 열심히 이야기했는데 그런 말을? 지점장과 당신이 어떤 관계냐는 아무 상관없어요!

경은 머릿속으로는 다 이해가 되었지만 이 상황에 화가 났다. 그래서 자꾸 그에게 억지 말을 하게 된다. 어제 여행에서 돌아온 바로 그날 다른 여자를 집에 데리고 들어온다는 것은 전적으로 나를 무시한 행위라고밖에 생각이 안 돼요. 여기 지점장을 데리고 들어오려면 최소한 그전에 나에게 양해를 구했어야지, 당신이 가출 이후 내 문자에 답변도 없고, 침묵으로 지내다 저 여자를 데리고 들어오는 것을 보고 제가 어떻게 생각하겠어요? 그는 경이라면 그런 것은 이해해줄 줄 알았단다. 그의 말을 듣고 그가 알고 있는 경은 어떤 경인가 생각해보았다. 둘 사이가 예의를 차릴 사이가 아니라는 것인가. 모르겠다.

여러 가지 복잡한 상황이 얽혀 힘들어 문자로 할 상황은 아닌 것 같아 미루어오다 결국 당신이 이런 오해를 할줄 몰랐어. 적어도 당신에 대한 나의 사랑이 확고한 것은 알고 있다고 생각했거든. 정말 전적으로 나의 생각이 모자라 일어난 일이라 용서해줘! 당신이 알다시피 워낙 복잡한 것을 싫어하던 내가 이렇게 저렇게 얽혀 나 스스로도 컨트롤 못 할 정도로 힘들게 느껴졌어. 당신이 힘든 일 그만두라고 했는데 이번에 자연스레 그만두게 되어 그것도 당신을 위해 좋은 소식이기도 하고. 당신 이야기 듣고 보니 전적으로 내 생각이 부족했어.

내일 저 지점장 다른 곳으로 옮기게 할게. 지점장이 너무 마음이 약해 자칫하면 울어 너무 딱하다는 생각에. 딱하다는 생각보다 귀엽고 불쌍해 보이니까 돕고 싶었겠지. 그래서 쉽게 경이 이해해줄 것으로 생각한 것이겠지. 지점장에게 오피스텔을 빌려주어 그 남편과 정리되는 대로 거기서 머무르게 할 수도 있었지만 병원에서 혼자 두면 다시 자살할 가능성이 높다고 해서 어쩔 수 없는 선택이었다고 한다.

경은 너무 그가 저자세로 나오니까 할 말이 없었다. 다시 술잔에 얼음을 넣어 마셨다. 앞으로 그래서 당신은 어떻게 할 거야? 회사에서는 이 문제가 일단락되면 그냥 다시 돌아오라고 하는데, 이번에 이 지점장 일을 겪고 보니, 고객이 증권회사만 거래하다 보니 이런 사고가 나는구나 하는 생각이 났어.

애널리스트나 증권회사 직원은 너무 바쁘다 보니 고객에게 충분히 대화를 못 한 상태에서 펀드 종목을 추천하게 되고 고객들은 단편적인 지식을 가지고 투자를 하다 보면 이런 엉뚱한 일이 생긴다. 이번 일이 마무리되면,

일반 고객에게 증권에 관한 강의를 개설, 교육을 시키려고 해. 교육을 받고 자신의 책임하에 투자할 수 있도록 충분한 상담이 가능한 직원들을 배치, 투자를 잘못해 억울한 일을 당하지 않도록 제도적으로 시스템화하는 회사를 차리려고 해. 바빠서 교육을 받을 수 없는 고객이라고 해도 일주일에 한 시간 혹은 두 시간 정규적으로 교육을 받다 보면 스스로 자신감도 생기고 경제의 일반적인 동향을 파악하게 돼서 이번처럼 엉뚱한 일이 발생하지 않을 것이라 생각해. 사실 은행 지점장들도 증권 투자를 다시 고객에게 권해야 하는 입장이기 때문에 은행일뿐만 아니라, 증권에 관한 교육과 정보를 받아야 해. 한국 사람들은 중국 펀드가 오른다 하면 모두 중국으로, 베트남 펀드가 올라간다 하면 베트남 쪽으로 쏠림 현상이 많아. 그래서 이번 경우도 그런 경우지.

그게 너무 이상적인 것 같은데, 고객이 그런 전문적인 지식을 가지고 자기 주도하에 투자하는 것이 쉽겠느냐고 경이 물었다. 고객 중에는 바쁜 사람들도 많을 텐데 스스로 교육을 받겠느냐. 그러면 애널리스트가 필요 없지. 또 증권가의 논리가 결국 시장경제 논리인데 그것을 고객들이 다 이해할 수 있을까. 처음에는 막연하고 어렵겠지만, 시행착오를 거듭하면서 지식이 쌓이고 자신의 주도하에서 자신이 책임지는 증권 투자가 되어야 이런 일이 반복되지 않는다고 했다. 일단 고객이 증권에 투자하기 위한 최소한의 상식이라도 교육을 받아야 해. 그래서 일반 고객과 증권회사의 중간 매개체 역할을 할 수 있는 투자 교육을 실시하는 자문회사 비슷한 것을 만들려고 해. 증권회사마다 그럴 필요성은 느끼는데 그 자체 내의 예산이나 인원으로는 역부족이라고 생각하거든.

경은 술이 제법 오르는지 의식이 몽롱해지며 졸음이 몰려왔다. 그가 술잔이랑 가지고 온 쟁반을 들고 부엌으로 갔다. 경은 바로 옆으로 쓰러져 잠이 들었다. 아침에 일어났을 때는 그는 아직 자고 있었다. 오랜만에 보는 자는 모습이다. 경은 화장실을 들러 부엌으로 갔다. 그리고 냄비를 꺼내 달걀 세 알을 넣고 삶았다. 과일을 꺼내 씻고 빵과 버터를 꺼내놓았다. 커피 메이커에 필터를 끼우고 커피를 내렸다. 경은 커피, 빵, 삶은 달걀과 과일을 챙겨 공부방으로 들어갔다. 오랜만에 앉은 책상 앞이다. 여행 중간중간에 메일을 챙겼지만, 다시 메일을 열고 답해줄 것과 청탁 온 것을 정리하여 그동안 미루어온 숙제를 해야겠다고 생각했다. 지점장이 자고 있는 방을 지나갈 때는 마치 큰 코끼리 한 마리가 집 전체를 차지하고 있는 것 같은 무거운 느낌이 들었다. 그러나 머리를 확 젖히고 다른 곳으로 생각을 돌렸다.

그날 아파트에서 가까이 지내던 윗집 남편이 골프를 하다 어깨 골절을 당해 수술을 해야 한다며 어린애를 맡길 데가 없다고 전화가 왔다. 경은 우연한 기회로 친하게 된 젊은 부부의 부탁을 거절할 수가 없었다. 서울로 돌아오자마자 이 복잡한 상황에 어리둥절했다. 아이 엄마가 가끔 외출로 저녁에 늦어지면 아이를 경이 집에서 데리고 놀아 여섯 살인 아들도 경을 잘 따랐다. 경은 복잡한 상황이지만 어쩔 수 없이 아이를 유치원 버스에서 받아 집으로 데리고 왔다. 그 아이로 인해 지점장에게 더 이상 신경이 가지 않았다. 그가 데리고 온 여자가 아니라 그냥 불우한 처지의 여인이라고 생각했다. 경이 저녁밥을 준비하고 처음으로 그녀의 방에 가서 노크를 했다. 그녀는 노크 소리에도 깜짝 놀랐다. 식탁에 나와 앉았지만 식욕이 없는지 김치와 몇 숟가락 밥술을 뜨고는 물을 마셨다. 그리고는 초점 없는 눈으로 먼 곳을 바라보았다. 경에 지금까지 미안하다는 말 한마디 없다. 만사가 귀찮은지 아이에게조차 다정한 말 한마디 않는다. 아이가 슬슬 경의 눈치를 본다.

경은 아이에게만 신경을 쓰는 척했다. 생선을 발라주고 유치원에서 재미있었냐고 물었다. 자기 친구가 새로운 변신 로봇카 헬로 카봇을 가져왔다고 한다. 자신도 엄마한테 사달라고 할 것이라고 했다. 경이 그게 뭐냐고 물었다. 응응. 한참 응응거리더니 차가 날 수도 있고 호랑이도 된다고 했다. 아, 변신하는 차로구나. 자신의 말이 통했다 싶은지 몇 번이나 맞아요 했다. 자신의 집에 헬로 카봇

이 여섯 개 있다고 한다. 그렇게 많은데 또? 아줌마 그런데 브로콜리 없어요? 아, 미안. 준이가 브로콜리 좋아하는 줄 아는데 아줌마가 멀리 갔다 오느라 시장을 못 봤어. 대신 오이 썰어줄게. 네, 저 오이도 좋아해요. 그래, 생선과 고기, 오이, 김 이렇게 먹을까. 네, 저 고기도, 생선도 잘 먹어요. 근데 미역국은 없어요?

너네 엄마가 갑자기 연락해 미역국도 못 끓였네. 내일 브로콜리도 미역국도 끓여줄게. 네. 근데 아빠는 언제 와요? 하룻밤 자고 온다는데. 오늘 아줌마랑 잘 수 있어? 응. 엄마는요? 엄마도 아빠 마취에서 깨어날 때까지 병원에서 지켜야 한대. 어깨를 많이 다쳐 아빠가 움직일 수가 없대! 근데 아빠가 죽지는 않는 거죠? 그럼 조금 많이 다쳐서 좀 쉬면 다 나을 거야! 숨 막히는 분위기에서 아이의 출현이 얼마나 반가운지 경은 아이를 위해 헬로 카봇 텔레비전 만화 프로그램을 틀어주고 설거지를 시작했다.

가끔 방에서 흐느끼는 소리가 났다. 경은 다른 사람의 위로가 얼마나 어설픈 것인지 경험했기 때문에 어떤 위로의 말도 하지 않았다. 그냥 지점장이 하는 대로 그대로 내버려두었다. 스스로 이겨내고 일어설 때까지 기다려주어야 한다. 그는 점심을 먹고 나간 후 아직 들어오지 않고 있다.

남프랑스 생폴드방스와 클레지오와의 모든 일이 오래전 꿈을 꾼 것처럼 아득하다. 아침 그를 출근시키고 9시부터 4시까지 원고를 매일 쓸 것이라는 맹세는 어지러운 혼란 속에서 물거품이 되었다. 그러나 시간을 낼 수 있는 한 틈틈이 밀린 원고를 쓰고 있다. 지점장의 이혼 조정이 빨리 성립된다 해도 6개월 이상은 걸릴 것이다. 그동안 내내 그녀와 동거를 해야 하는 것이다.

준이 헬로 카봇을 보다 엄마 생각이 나는지 경에게 달려온다. 설거지를 마무리하고 뒷정리를 하고 있는 경에게 자기도 지금 아빠 병원에 가면 안 되느냐고 한다. 엄마가 아빠를 돌보아야 하기 때문에 준이가 왔다 갔다 하면 아빠나 엄마가 더 힘들 거야. 그리고 병원은 어린아이를 데려갈 수 없단다. 다른 사람들에게 방해가 될 수 있으니까. 저 얌전히 있을 건데요, 하고 준이 말했다. 준이 엄마가 보고 싶지? 엄마에게 전화하라고 할게! 경은 준이 엄마에게 시간이 여유가 있으면 준이에게 목소리라도 들려주라고 문자를 보냈다. 준이를 데리고 2층에 혼자 사는 할머니 집으로 갔다. 낮에는 파출부 아줌마가 다녀가지만 밤에는 혼자 있어 무섭다고 언제나 현관문을 열어놓는다고 몇 달 전에 앞집에서 민원을 제기해 한바탕 난리가 났었다. 문을 닫으면 답답해서 심장이 멎을 것 같다고 아무리 관리소장이 가서 말을 해도 문을 그대로 열어놓고 있었다. 할머니는 답답한 것이 아니라 외로운 것이다. 지나가는 사람들이라도 자신에게 말을 걸어주기를 바란다. 문을 열고 있다 누군가 지나가면 얼른 밖으로 나온다는 것이다. 그래 자기 집에 와서 과일이라도 빵이라도 먹으라고 한단다.

준이를 데리고 2층에 갔을 때 할머니 집 현관문이 닫혀 있었다. 경이 벨을 눌렀다. 밖으로 나온 사람은 50대 남자였다. 경이 놀라 주춤 물러섰더니 자신은 이 집 할머니

아들이라는 것이다. 요즈음 직장 끝나는 대로 밤에는 여기 와서 자고 출근한다고 했다. 경은 괜찮겠냐고 물었다. 우리 집에 모셔야 하지만 와이프가 결사 반대하니 어쩔 수 없다는 것이다. 그사이에 할머니가 누고? 하며 현관으로 나왔다. 할머니 안녕하셨어요? 아이고, 그동안 왜 그렇게 안 보였노? 제가 그동안 좀 멀리 여행을 갔었어요. 그렇지 그럴 줄 알았다. 왜 안 들어오고 거기 서 있노? 잠시라도 들어오지, 얘는 또 누고? 준을 바라보며 물었다. 아, 윗집 아저씨가 어깨를 다쳐 병원에 입원해서 제가 하루 동안 돌보기로 했어요. 경은 그 아들에게 회사일로 못 오게 된다거나 무슨 일이 있을 경우 경에게 전화를 하면 할머니를 도와주겠다고 했다. 경이 전화번호를 주었다. 남자는 그래도 되겠냐며 몇 번이나 인사를 했다.

그동안 도우며 살자고 말만 해왔지 어떻게 도와야 하는지 생각이 나지 않았다. 이번 남프랑스 생폴드방스의 클레지오가 하는 일을 보고 생각한 것이다. 80세 이상 노인들 중에도 사람을 그리워하는 분이 있다면 함께 시간을 보낼 것이다. 노인네들에게 가장 필요한 것은 자신에 대한 관심이다. 모두 자식들로부터, 이웃으로부터 소외되어 외로워하고 있다. 아직 한창 일할 나이의 자식만을 기다리지 말고 이웃과의 소통으로 그것을 극복하도록 도울 것이다. 저녁 회식이라도 있으면 아이를 맡길 곳이 없어 쩔쩔매는 젊은 엄마들을 위해 경은 언제나 시간을 내려고 한다. 특별한 약속이 없으면. 경은 아이들과 함께하는 시간이 좋다. 가정의 따뜻한 밥이 필요한 사람에게는 따뜻한 밥을 제공할 것이다. 저녁을 원하는 사람을 위해 저녁을 준비할 것이며 그들이 원한다면 대화도 할 것이다.

집으로 올라오자 준이 졸리는지 하품을 연거푸 한다. 준이 졸리니? 오늘 아줌마 집에서 자면 내일 엄마가 올 텐데. 아줌마 침대로 갈까? 세수부터 하고 칫솔을 안 가져왔으니 이 새 칫솔로 양치할까. 아직도 엄마 생각이 나는지 시무룩하다. 세수를 시키고 점퍼와 바지를 벗기고 티셔츠만 입혀 침대에 눕혔다. 그리고 산속 동물들의 이야기를 동화로 만들어 들려줬더니 금방 색색거리고 잠이 들었다. 안방에서 나가 그 지점장 방을 보았다. 이미 불이 꺼져 있다. 경은 자신의 옷장에서 지점장과 어울릴 수 있는 옷을 골랐다. 내일은 구겨진 실크 원피스를 벗게 하고 갈아입혀야겠다고 생각했다.

그러고 보니 1호 손님이 바로 지점장이 되네. 경은 그 순간 지점장을 손님으로 받아들이기로 했다. 두 부부 간의 문제가 해결될 때까지 그녀의 친구가 되어주리라. 어젯밤부터 무거웠던 가슴이 확 열렸다. 기분도 가벼워졌다.

다음 날 아침 준이 일어나기 전에 빵과 오믈렛과 야채, 과일을 준비했다. 그리고 준을 깨워 세수를 시키고 유치원 버스가 오기 전에 어제 입은 주름을 펴서 정리해둔 외출복을 가져왔더니 준이 큰 소리로 울음을 터뜨렸다. 경은 놀라 왜 그러냐고 물었더니 어제 입었던 옷이라 안 입겠다는 것이다. 당황해 경은 준이 엄마한테 전화를 했다. 준이 엄마는 미안하다고 하면서 자신의 집 현관 비밀번호를 가르쳐주었다. 준을 데리고 위층으로 올라가 준이 방으로 들어갔다. 침대 한쪽에는 장난감이 진열된 장과

옷 서랍장이 있었다.

네가 입고 싶은 것 고르라고 했더니, 서랍의 정리된 옷들을 다 뒤집어 옷을 방바닥에 내팽개친다. 경은 가만히 내버려두었다. 어제부터 보이지 않는 엄마로 인해 여차하면 울 준비가 되어 있다. 그중에서 짧은 하얀 티셔츠와 하늘색 바지를 고른다. 준아, 티만 입으면 너무 추울 테니 점퍼도 하나 더 가져가볼까? 준은 가만히 있다 서랍장 맨 윗서랍을 다시 연다. 그 속에서 점퍼란 점퍼는 다 꺼낸다. 용케 하늘색 점퍼를 찾았다. 아래 바지와 색깔을 맞추려는가 보다. 준이 멋쟁이네! 어떻게 하늘색 바지에 하늘색 잠바를 골랐어? 엘리베이터를 탄 다음 경이 준이 머리를 쓰다듬으며 말했다. 엄마가 가르쳐줬어요. 이 바지 입을 때는 이 잠바를 꼭 입어야 멋있다고요. 오, 그래, 준이 멋쟁이라고 친구 많겠네? 네, 많아요. 이제 준의 기분이 풀어진 것 같다.

준이를 유치원 버스에 태우고 돌아서자 아래층 할머니 집 아들이 전화를 했다. 아침부터 현관문을 열어둬, 앞집에서 관리실로 전화를 했다고. 경은 아침이 정리되는 대로 가보겠다고 하고 일단 그와 지점장 아침을 챙겼다. 준이 먹은 것과 똑같이 오믈렛과 과일, 커피를 준비했다. 어제 늦게 돌아온 그는 아직 일어나지 않았다. 2인분을 준비해서 식탁에 차려두고, 지점장이 있는 방으로 가서 경이 준비한 옷을 주고 갈아입고 싶으면 이것으로 입으라고 했다. 그리고 식탁에 아침 준비가 되어 있다고 했다. 경은 계단으로 내려가며 참 직장 여성 같지 않게 융통성이 없다고 생각했다. 아직 우울증에서 벗어나지 못했나. 어떻게 저런 여성이 그런 큰일을! 경은 이해가 안 간다. 완전 주눅이 들어 문을 노크만 해도 화들짝 놀란다. 그러니 대화는커녕 말을 붙이기도 힘들다.

할머니는 여전히 문을 열어놓고 있었다. 할머니는 설거지 중이다. 경은 할머니보고 옷을 입고 옥상으로 가자고 했다. 옥상은 와? 할머니와 한판 붙어보려고요. 빤히 경의 얼굴을 보다 농담인 줄 알고 거기 뭐가 있는데? 하고 물었다. 그동안 한 번도 안 가봤어요? 누가 데려가는 사람이 있어야제? 정말 할머니는 집에 갇혀 있구나. 그러니 답답할 수밖에 없지. 할머니는 척추협착증이라 조금만 걸어도 허리가 아파 걷지 못한다. 그래서 먹거리나 필요한 것은 거의 아들이 사다주는 모양이다.

할머니의 손을 잡고 엘리베이터에서 내려 옥상으로 갔다. 할머니는 옥상을 보고 이런 곳이 있었나, 내가 아들 보고 상추나 고추 같은 것 좀 심게 해달라고 노래를 불렀는데도 여기를 안 데려오더니 세상에 이런 좋은 곳이 있었네. 옥상에는 몇 그루의 나무를 심은 화단이 제법 커서 그 화단 구석에 야채를 심을 수 있다. 아마 아드님이 할머니를 여기까지 데려올 사람이 없어 그랬나 봐요. 제가 내일 꽃시장 가서 가을에 심을 수 있는 야채 모종을 사 올게요. 할머니랑 같이 해요. 그래? 세상에 이런 데가 있었는 줄 누가 알았겠노? 할머니 그럼 제가 하루에 한 번 여기에 모셔다 드릴 테니, 현관문은 이제 닫고 지낼 수 있죠? 할머니는 경의 얼굴을 힐끔 본다. 그래 나는 밥만 먹고 여기 와서 농사지을란다. 할머니, 이 옥상도 할머니 혼자 하면 안 되니까, 오전만 여기서 농사를 지으세요. 제가 반상회 때 주민들에게 양해를 구해놓을 테니. 아이고마, 이제는 내가 할 일이 생겨 살 것 같다. 할머니는 경의 손을 잡고 언제까지고 흔들어댔다. 경도 할머니가 좋아하는 모습을 보고 잠시 감상에 젖었다.

그때 핸드폰 소리가 울렸다. 경은 얼른 할머니의 손을 놓고 핸드폰을 열었다. 어느 대학 평생교육원에서 다음 학기 글쓰기반을 맡아달라는 부탁 전화였다. 매주 고정된 시간을 지킨다는 게 부담스러워 지난 학기 거절했었는데 이번에는 흔쾌히 수락을 했다. 옥상에서 보이는 하늘은 구름 한 점 없는 청명한 하늘이었다.

생폴드방스에서, 길을 찾다

인쇄 · 2019년 12월 1일
발행 · 2019년 12월 10일

지은이 · 이소헌
펴낸이 · 한봉숙
펴낸곳 · 푸른사상사

편집 · 지순이 | 교정 · 김수란
등록 · 1999년 7월 8일 제2-2876호
주소 · 경기도 파주시 회동길 337-16 푸른사상사
대표전화 · 031) 955-9111(2) | 팩시밀리 · 031) 955-9114
이메일 · prun21c@hanmail.net
홈페이지 · http://www.prun21c.com

ISBN 979-11-308-1485-8   03810
값 13,900원

생폴드방스에서,
길을 찾다

이소헌 소설